Kjersti Annesdatter Skomsvold

33

Roman

Aus dem Norwegischen
von Ursel Allenstein

Hoffmann und Campe

Die Originalausgabe erschien 2014 unter dem Titel *33* im Verlag Oktober, Oslo.

Der Verlag dankt NORLA für die Förderung der Übersetzung.
Die Zitate auf Seite 18, 11 und 104 stammen aus:
Witold Gombrowicz, *Tagebuch 1953–1969*. Aus dem Polnischen von Olaf Kühl, Carl Hanser Verlag, München 1988.
Don DeLillo, *White Noise*. Viking Press, New York 1985.
Albert Camus, *L'Étranger*, Librairie Éditions Gallimard, Paris 1942.

1. Auflage 2015

www.hoca.de
Satz: Dörlemann Satz, Lemförde
Gesetzt aus der Albertina MT
Druck und Bindung: CPI books GmbH, Leck
Printed in Germany
ISBN 978-3-455-40543-9

HOFFMANN UND CAMPE

Ein Unternehmen der
GANSKE VERLAGSGRUPPE

Nachts gehe ich in der dunklen Wohnung umher, sehe aus dem Fenster, mal ist der Mond da, mal nicht. Ich setze mich auf den guten Stuhl, ein Auge auf das Bild von Samuel gerichtet, eins auf das Bild von Ferdinand, und ich denke, dass ich ein Sonnenstrahl sein will, dass ich zusammen mit Samuel und einem Kind glücklich werden könnte. Aber Worte wie glücklich möchte ich gar nicht gebrauchen, weil sie den Wunsch sofort in etwas Muffinartiges verwandeln. Ich versuche zu schlafen, den Rücken gerade und senkrecht, was besser ist, als im Bett zu liegen, so waagerecht, dass ich meine, ich würde nach hinten kippen, die Beine in der Luft, sodass Gott meine Fußsohlen sehen kann. Ich bleibe sitzen, wachgehalten von Verbitterung und Enttäuschung. Worüber? Das Leben. Bisher war es so, als ginge man ohne Eimer zu einem ausgetrockneten Brunnen, auch wenn das wohl eine unverschämte Lüge ist. Das Leben ist nichts für mich, denn ich mag Menschen und Tiere nicht besonders, zumindest, wenn ich nachdenke; Gedanken verzerren und verschieben alles. Genauso wenig mag ich es, behutsamen Schrittes, beinahe kokett, durchs Erwachsenendasein zu gehen, das ja im Preis inbegriffen ist. Nach und nach entdeckt man dann, dass man eine Fremde geworden ist; morgens stehe ich auf und will etwas anderes. In mir keimt der brennende Wunsch, mich von der Mathematik ab- und zur Liebe hinzuwenden, aber ich habe noch niemandem von diesen Gefühlen erzählt, wenn ich den Mund öffnete, würde ich sagen, ich sei nicht in der Lage, auch nur irgendetwas zu fühlen. Wenn ich den Mund öffnete, würde die Welt von einer akuten Depression befallen werden. Die Sonne geht auf, und ich beschließe, in den Laden zu gehen, zwischen den Regalen mit den Konserven suche ich nach einem Kind, obwohl ich weiß, dass es vergebens ist, und ich bewege unmerklich die Lippen, sage: Jetzt gehe ich nach Hause. Ich schaue mich um, murmle dann: Und damit basta. Wer kein Leben hat, muss sich eine Illusion schaffen. In meinen Tagträumen bin ich treulos, ich habe verquere Träume, ich träume, die grauenhafte Schule zu betrügen, an der ich arbeite und wo niemand mich wirklich kennt, ich träume, größenwahnsinnig zu werden. Ach, Napoleon zu sein, denke ich, vergiftet oder nicht, dieser kleine Ehrenmann, der sich selbst zum Herrscher Europas ausrief! Ich träume auch nachts, wenn ich endlich schlafe, auf dem Stuhl sitzend, während die Sterne über den Dächern leuchten, und da träume ich, dass eines meiner Beine einem anderen gehört, und wünsche mir, Samuel würde mein Bein als das seine bezeichnen. Wir sagen einander die schönsten Worte auf Irisch, Worte, die man jemandem ins Ohr flüstert, ehe man ihm das Leben nimmt. *Codladh sámh.*

Ich habe von Fällen gehört, bei denen das Kind vor der großen Liebe kommt, aber ich glaube nicht, dass es bei mir so kommen wird. Außer ich nehme allen Mut zusammen und vollziehe den Beischlaf mit meinem toten Ferdinand. Oder ich mache es wie der Albatros, dieser Vogel, der nur ganz selten landet, dazwischen können Jahre vergehen, und wenn es soweit ist, drückt der Albatros seine Vogeldaumen, damit in genau demselben Moment ein weiterer Albatros landet, im Idealfall vom anderen Geschlecht, und dann lassen sie sich beide vergewaltigen, ehe sie weiterfliegen, in der Gewissheit, dass eine nächste Generation folgt, dass ein Geschlecht geht und ein Geschlecht kommt.

Soll ich also ein Kind bekommen? Ich gehöre nicht zu denen, die Entscheidungen treffen, ohne die Alternativen wie Albatrosse vor den Augen vorbeischweben zu lassen, bevor ich bei dem lande, was ich tun werde. Und mitunter landen Albatrosse nie. Es sollte noch ein anderes Herz schlagen als mein eigenes, hier, in diesem kleinen Lusthaus von Einzimmerwohnung, in dem ich wie ein Affe im Käfig lebe, gefangen und frei zugleich. Ich bin wieder nach Norwegen gezogen, während Ferdinand in Frankreich geblieben ist, unter der Erde, und Samuel quicklebendig, aber außer Reichweite, im fernen Irland. Wir sind wie ein gleichschenkliges Dreieck, eine Triangel, das macht mich weniger unmusikalisch. Ich brauche die Gesellschaft anderer als mir, ich brauche jemanden nahe bei mir, sonst bin ich in Gedanken nur bei mir! Und so werde ich nie zufrieden. Zufrieden sollte ich ohnehin nie sein, dann hätte ich verloren, so lauten die Spielregeln.

Ich möchte mich an etwas anderes binden als an die Mathematik, wie um zu sagen, schaut her, ich habe ein lebendiges Wesen an meiner Seite, und ehe ich michs versehe, werde ich hören, wie es das erste Wort sagt, und ich werde keine Kontrolle darüber haben, was das für ein Wort sein wird! Es kann alles Mögliche sein! Und ich werde es aufnehmen, mich um das Wort kümmern. Ich werde mir wünschen, dass das Kind nichts Schlimmes erlebt, auch wenn ich weiß, dass ich mich selbst nicht ausstehen könnte, hätte ich nicht so viel Schlimmes erlebt. Dabei denke ich vor allem an die Lungenkrankheit, von der ich bereue, sie mir zugezogen zu haben, auch wenn ich das Wort bereuen nicht ganz verstehe, man macht doch alles so gut man kann, mit dem, was einem gegeben ist. Es wird eine Erleichterung sein, wenn ich mich statt um meinen eigenen Körper um den des Kindes sorgen kann. Was meinen eigenen Leib betrifft, habe ich allzu viele Faktoren und Symptome im Blick, wieder und wieder habe ich die kleinen Spinnen gezählt, die in meinem Lungengewebe umherkrabbeln, wenn ich wollte, könnte ich eine präzise Statistik führen, eine ganz neue Wissenschaft erfinden, um dafür zu sorgen, dass die Dinge so optimal wie möglich verlaufen, während ich, das Kind betreffend, lediglich Zugang zu den nötigsten Informationen haben möchte, um zu entscheiden, ob ich ihm lieber Fischklöße mit Reis oder noch ein paar Tage Trockenfutter zu essen gebe. Kinder zu bekommen, erfordert Mut.

Man kann Kinder, oder jedenfalls Tiere, beim Züchter kaufen. Ich bekam den Tipp, man könne bei einem Mann Eier erwerben, Albatrosse legen nur ein Ei, deshalb sind die Eier irrsinnig wertvoll. Ich muss mir einen Brutkasten besorgen, aber das ist kein Problem, ich habe da meine Kontakte. Ein Anruf genügt, und schon kommt ein Lieferwagen und bringt mir das Paket bis vor die Tür. Es ist so groß wie ein Kochtopf, und ich stelle den Brutkasten mitten ins Zimmer, um ihn nicht aus den Augen zu verlieren. Bis das Ei, oder besser gesagt das Kind, schlüpft, können Monate vergehen, und währenddessen möchte ich bäuchlings auf dem Boden liegen, das Kinn auf die Hände gestützt, und Schürfwunden an den Ellbogen bekommen und dieses Wunder betrachten. Es ist keinesfalls ein Wunder, sondern der Lauf der Natur. Ab und zu werde ich das Ei aus dem Brutkasten nehmen, es in meine Achselhöhle stecken und ins dunkle Bad schleichen. Dort werde ich das Ei hervorholen und meine Taschenlampe darauf richten. Ich möchte etwas Überraschendes zu Gesicht bekommen, ein Miniaturherz, das schlägt, ein weiches Gehirn, das Form annimmt. Das Kind wird geboren werden, oder auch nicht, vielleicht bleibt es Eiweiß, und ergo wird es auch nicht sterben, das wäre das Beste. Selbst wo kein Herz schlägt, müssen Blätter fallen, und diese Fehlgeburt ist, genau wie alle anderen, ein Tropfen im großen Meer der Welt. Ich werde mich an den Gedanken gewöhnt und mit der Trauer versöhnt haben, wenn sich der Wurm eines schönen Tages aus dem Ei kämpft; es ist das Ei, das den Wurm ausspuckt. Ich bin sicher, die Zeit ist gekommen, ich habe nie gezweifelt, dass der Augenblick kommen würde, abgesehen von jenen Tagen, an denen ich dachte, er wäre längst da. Aber hier geht es nicht um das Kind, das Kind wurde noch nicht empfangen, also muss es um die Liebe gehen. Ich habe schon einmal erlebt, was Liebe sein kann.

Ferdinand und ich gingen durch den Schnee, der Schnee ging durch uns, wir kamen vom Fest. Seine dünnen Beine in der dunklen Hose, sein Haar über dem Kragen des hübschen Mantels, selbst in der Dämmerung hätte ich sein charakteristisches Profil aus mehreren Metern Entfernung erkannt, und wäre er weiter entfernt, würde mein Körper von ihm angezogen, durch die Straßen, um die Hausecken, über Hügelkämme und Landesgrenzen, eine Epidemie, und dann würden sich meine Arme um seinen Hals schlingen und nie wieder loslassen. Jetzt ging er direkt neben mir, er lief oft schnell, wie ein Gehetzter, dabei bin ich selbst keine Trödelliese, doch unsere Schatten hatten nie genug Zeit, sich einen gemeinsamen Eindruck zu verschaffen. Ich trug dünne Strümpfe unterm Mantel, aber ich merkte kaum, dass ich fror, ich redete im selben Tempo, wie wir die Beine bewegten, als würden die Worte aus meinem Mund hinausrennen und versuchen, die Schritte einzuholen. Um uns hing der Zigarrenrauch schwer wie ein Tiefdruckgebiet vor einer Gewitterfront. Ich merkte, dass Ferdinand mir zuhörte, er war irgendwie immer da, die Herzenstür offen, und ließ meine Worte herein, bereit, nahezu alles aufzunehmen. Ich übte mich im Schreiben, indem ich ihm erzählte, woran ich dachte, er hatte gesagt, dass ich mich der Literatur widmen solle, um meine eigenen Dämonen zu bezwingen, er hatte etwas in mir erkannt, das sowohl Zuckerbrot als auch Peitsche sein konnte. Mhm, sagte er, wenn er die Worte auffing, und dann stellte ich mir vor, ich hätte einen Satz gesagt, den ich in ein richtiges Buch schreiben könnte. Um ihn zu testen, wollte ich etwas sagen, das ich aus einem anderen Werk gestohlen hatte, ich blieb abrupt stehen, nahm seinen Arm und flüsterte:

Die Macht der Toten besteht darin, dass wir glauben, sie würden uns jederzeit sehen.

Ich sah zu Ferdinand auf.

Mhm, sagte er.

Wir lagen auf der Bettdecke im fremden Zimmer, ich behielt meinen Mantel an, und Ferdinand hatte sich in seinen gehüllt, der Verhütung wegen, obwohl wir beide wussten, dass es zu spät war, wir hatten uns längst ineinander verloren, in einem Versuch, uns selbst oder den anderen zu finden. Diese Liebe war eine Missgeburt, eine mögliche Unmöglichkeit oder umgekehrt, aus Gründen, die wir nicht verstanden und die uns, hätten wir sie verstanden, beide nur noch kränker gemacht hätten. Wir wurden von der Medizin des anderen angesteckt, obwohl Ferdinands Krankheit im Gemüt saß und meine in der Lunge. Ich spürte seine Bartstoppeln an meinen Fingerkuppen, seine Fingerkuppen auf meinem Gesicht, er hatte schmale Finger, verfeinert, als hätte er als Kind ein klassisches Saiteninstrument gespielt. Unsere Blicke trafen sich und setzten ihren Weg fort, an uns vorbei in etwas Ewiges; man kann Einsicht in die unglaublichsten Dinge gewinnen, wenn man einem anderen Menschen in die Augen sieht. Ich dachte daran, dass in einem Spiegel alles spiegelverkehrt ist, warum hatte bisher niemand einen Spiegelspiegel erfunden, der mich richtig herum zeigte, so wie er mich sah? Ich überlegte, ob die Veränderung, die ich in mir spürte, außen sichtbar war, alles, was er mit meinem Inneren tat, musste doch in irgendeiner Weise zum Vorschein kommen? Nicht auszudenken, wenn ich Ferdinand nie getroffen hätte, dann wäre ich für immer falsch gesehen worden, wäre nie die geworden, die ich sein sollte, und als mir dieser Gedanke kam, wollte ich ihn schlagen.

Er nahm meine Hand, hielt sie fest, als hätte er eine Vorahnung.

Ich erinnere mich nicht, was ich zu meiner Entschuldigung hervorbrachte, weiß nur noch, dass er diesmal nicht »mhm« sagte. Er strich mir lediglich sanft über das Haar. Dann Stille.

Aber du hast mich doch trotzdem gern?, fragte ich schließlich.

Mit allem, was dazugehört, antwortete Ferdinand.

Er lächelte, und mir fiel auf, wie unglaublich traurig er dabei aussah. Er war unterwegs zu etwas, das ich mir nicht vorzustellen wagte, und von dem ich wünschte, es läge jenseits meiner Phantasie. Ich hatte lange versucht, ihn hochzuziehen, wie er mich hochzog, seit wir uns das erste Mal getroffen hatten, er wusste, was nötig war, um das Unmögliche zu schaffen: einen Roman zu schreiben. Stolz hatte er mir dieses Geschenk entgegengehalten, wie eine zerbrochene, geklebte Vase, bei der man den Kitt in den Rissen sehen kann, und ich fand es reizend, dass er so tat, als wäre sein Geschenk perfekt. Auch ich tat so und schenkte ihm mein Herz zum Dank, obwohl ich wusste, dass er es ebenfalls brechen würde.

Den Roman hatte ich nie geschrieben, stattdessen schrieb ich ein Lehrbuch der Mathematik, das erschien mir sicherer, denn es bestand keine Gefahr, an der Mathematik zugrunde zu gehen. Ferdinand dagegen steuerte zielstrebig auf den Abgrund zu, und allmählich schien es mir, als würde Ferdinand immer schwerer, und es war schwieriger, ihn oben zu halten; je stärker, aber auch zerbrechlicher ich selbst wurde, desto klarer wurde mir, wie wenig ich von der Welt verstand, als würde die Fallhöhe immer größer, als stünde alles nebeneinander auf Messers Schneide, stille Meere und aufgepeitschte Wellen, Sieg und Verderben.

Ferdinand?, fragte ich mit bebender Stimme.

Er kam näher, sein Atem an meinem Ohr, ich schloss die Augen und spürte seine Lippen auf meinen, ein Ziehen in Brust und Bauch und zwischen den Beinen. Mein Körper wurde ein anderer Körper, es war mein Körper und doch nicht, und ich wollte dieser andere Körper sein.

Vor Ferdinand hatte ich keine Ahnung, wie gnadenlos die Liebe ist. In einem Moment der Gnade gegenüber mir selbst begreife ich, dass ich besser ein Kind mit einer noch lebenden Person bekommen sollte; also muss ich Samuel finden. Ein neuer Versuch von Liebe, ein anderer diesmal.

Alle sind von Kopf bis Fuß weiß gekleidet, wie eine Sekte, und sie bewegen sich seltsam wenig, wenn man bedenkt, dass es trotz allem ein Sport ist, den sie da betreiben. Auch das Teetrinken gehört zum Spiel, das tagelang dauern kann, weshalb ich nur das Ende sehen wollte. Vielleicht hatte ich auch einen anderen zweifelhaften Grund. Die Erde hat sich dem Frühling zugeneigt, es ist einer dieser leuchtenden Abende. Ich bin mit dem Flugzeug gekommen, hoch über den Bergen, und jetzt sitze ich mitten auf einem weiten Rasen. Erst habe ich die Beine untergeschlagen, dann strecke ich sie, als würde ich eine Art Sitzgymnastik betreiben, ich zeige Samuel, dass er nicht der Einzige ist, dem daran liegt, in Form zu bleiben.

Ich habe versucht, mir Samuel nur noch als binäre Zahlen vorzustellen, seit wir uns hier in Irland auf einer Konferenz kennenlernten. Ferdinand war erst kurz zuvor gestorben, und obwohl ich lange gefürchtet hatte, ihn zu verlieren, ging es schnell; als er seinen letzten Atemzug getan hatte, war es, als hätte sich ein Albatros in die Lüfte geschwungen, und seither habe ich oft versucht, mir Samuel als Einsen und Nullen vorzustellen, allerdings ohne Erfolg. Ich hatte Angst, er würde zu real werden, sodass ich riskieren müsste, auch ihn zu verlieren. Während der großen internationalen Konferenz über Mathematik hatte Samuel meinen Vortrag besucht, aber ich wusste nicht, dass er dort gewesen war, im Publikum, dass er mich gesehen und mir somit etwas voraus hatte. Am nächsten Morgen, beim Frühstück in dem Hotel, in dem wir wohnten, wusste ich es besser.

Jetzt ist er ein lebendiges Geschöpf aus Fleisch und Blut, wie er dort mit seinem Kricketschläger in den Fäusten steht, hochkonzentriert, bereit, jederzeit loszurennen. Das war gelogen, Samuel stand einfach nur kerzengerade am Ende des Platzes, als würde er darauf warten, dass ihm ein Meteorit auf den Kopf fiele, und ich muss daran denken, wie ich mich als Kind inmitten eines Spiels mit anderen manchmal unerträglich einsam gefühlt hatte, so einsam, dass es einen Sinn ergab. Samuel ist nicht mehr blutjung und sicherlich schnell erschöpft. Als er mich erblickt, wedle ich mit der Hand, eine merkwürdige Geste, als würde ich einem Kleinkind zuwinken. Ich bin erleichtert, als Samuel mit beiden Händen zurückwinkt, vielleicht investiert er mehr Gefühle als ich. Das wäre eine Sensation. Im Hintergrund versinkt gerade die Sonne, und Samuel kommt auf mich zu, ich erröte, als glaubte ich, er wolle mich zum Tanz auffordern.

Hallo.

Hallo.

Gewinnt ihr?

Wir gewinnen.

Samuel bleibt stehen, als würde er Menschen nicht besonders mögen; andere Menschen als mich. All das unerträglich Peinliche, das geschieht, wenn man sich einander nähert, halten wir aus, weil es uns näher zusammenbringt. Ich strecke meine Beine, um zu zeigen, dass meine Knie ordnungsgemäß funktionieren, und da geht er zurück auf das Spielfeld.

Nach langem Hin und Her ist das Spiel endlich vorbei, ich rede mir ein, dass es ein Unentschieden war, will keinen enttäuschen. Es gibt niemanden, den ich nachahmen könnte, also stehe ich zögernd auf, klopfe mir das Gras vom Hosenboden, habe vor, einfach meines Wegs zu gehen, bevor jemand bemerkt, dass ich kein Ziel habe. Aber dann kommt Samuel mit so hastigen Schritten auf mich zu, wie man am Bahnhof dem Zug nachlaufen würde, weil man den Regenschirm oder das Kind auf der Hutablage vergessen hat.

Komm, sagt Samuel, und ich denke, wie entscheidend ein so kurzes Wort sein kann.

Hinein in die Garderobe, die voller fremder, weißgekleideter Männer ist, sie sehen mich an, als wäre ich zu ihrer Belustigung da. Samuel sagt, er gehe zum Duschen nach unten. Verwirrt sehe ich ihn an, will er mich zum Besten halten? Soll ich allein mit dem Ku-Klux-Clan hier bleiben und noch dazu in Gedanken bei Samuel, der eine Etage tiefer nackt steht? Ich kann seinen Körper vor mir sehen, die männlichen Arme, den weichen Bauch, die zarte Haut, selbst, was er zwischen den Beinen hat, erscheint mir ansprechend. Als ich die Augen wieder aufschlage, ist Samuel verschwunden, und ich rede mit seinen Mannschaftskameraden, doch ohne das richtige Publikum ist die Mathematik fast ein bisschen nichtssagend, die Männer nicken und gähnen an den falschen Stellen, und ich kann mir selbst auch nicht ganz folgen. Ich denke nur daran, dass Samuel splitterfasernackt ist, direkt unter meinen Füßen womöglich, und wenn ich die Arme durch den Boden stecken würde, könnte ich ihm das Shampoo ins Haar einmassieren. Ich finde, er hat außergewöhnlich schönes Haar, beinahe amerikanisch. Meins ist eher gelb.

Wollen wir gehen?, fragt Samuel mit sauberen Ohren.

Er riecht nach Seife, einen Geruch wiederzuerkennen, macht mich oft traurig, wie damals als Kind, wenn ich an den Kleidern meiner Mutter roch. Wir stapfen auf die Straße hinaus, wie die Leute schon seit Jahrhunderten stapfen, aber wir fühlen uns trotzdem einzigartig, und ich merke, wie sich Samuels Gemütslage ändert, als wir an einem Hund vorbeigehen, umso mehr, als dieser Hund gleichzeitig an einem Polizisten vorbeigeht. Ich erzähle, dass ich mir Samuel und die anderen Spieler in ihren weißen Anzügen als Patienten vorgestellt habe, die aus einer Psychiatrie entflohen sind, und dass ich wünschte, ich wäre der Mann in der Bude gewesen, der die Punkte im Blick hatte. Ich hätte der Mann sein können, sagt Samuel, hätte nicht so weit weg sitzen müssen, hinter dem Baum versteckt. Aber ich entgegne, auch das sei nett gewesen, denn Bäume erinnerten mich an ihn, und außerdem hätte ich so den blutigen Sonnenuntergang im Blick gehabt.

Ich frage Samuel, ob er wisse, dass einige Menschen, eine Art Urvolk vermutlich, glaubten, der Himmel wäre vom Blut gefärbt, und die Sonne würde erst wieder aufgehen, wenn sie einen Mitmenschen opferten. Samuel sagt ja, denn er habe diesen Film auch gesehen, und ich gräme mich, weil ich geglaubt hatte, etwas ganz Einzigartiges zu erzählen.

Wir sind einander nicht nah, gehen nur Seite an Seite, als würden wir, kämen wir uns zu nahe, miteinander verschmelzen und ein und derselbe Mensch werden, woher rührt diese Zugehörigkeit? Streng genommen kennen wir uns gar nicht. Wir sehen uns erst zum zweiten Mal, und wir haben noch nie miteinander telefoniert; wenn ich am Telefon Englisch spreche, klinge ich wie ein betrunkener Vogel, der auf- und abflattert. Simone Weil schrieb, jedes Wesen sei ein stummer Schrei danach, anders gelesen zu werden, und ich lese Samuel so, wie Witold Gombrowicz Simone Weil las. »Ich sehe Simone Weil an und frage nicht: Gibt es einen Gott? – ich betrachte sie nur aufmerksam und sage: Wie, durch welche magische Kunst hat diese Frau sich innerlich so einrichten können, daß sie dem, was mich vernichtet, die Stirn bietet?« Sie sind zwei Gegensätze, vielleicht sind auch Samuel und ich Gegensätze, oder wir sind Weil und Gombrowicz in einer Person und damit vollkommen gleich.

Samuel hätte Lust, mit mir ins Hotelzimmer zurückzugehen, er sagt es zwar nicht, aber ich bin nicht auf den Kopf gefallen, und manchmal überlege ich sogar, ob ich seherische Fähigkeiten habe. Außerdem können wir unmöglich Cousine und Cousin sein. Mir fällt ein, dass ich ein Loch in der Unterhose habe, ich entdeckte es, bevor ich zum Spiel aufbrach, hatte aber keine Zeit, sie zu wechseln, und ich dachte, der Herrgott will, dass ich an diesem Abend die Unterhose anbehalte. Dann aber sage ich: Warte mal kurz, ehe ich über die Straße zur Telefonzelle renne. Ich rufe Ferdinand an, der sich »auf der anderen Seite« befindet, um seinen Rat einzuholen. Ferdinand muss lachen, er sagt: »Als würde er sich um ein Loch in der Unterhose scheren ...« Ich habe gelesen, dass Lilith, Adams erste Frau, die Leute überlistet hat, damit sie mit ihr schliefen, und Ferdinand sagt, schwanger werde man in der Woche nach dem letzten Tag der Blutung. Wie der Schöpfer darauf gekommen ist, ein blutendes Loch zwischen meinen Beinen zu erfinden, kann man sich schon fragen; das zeigt nur, dass auch der Herrgott ein Sadist ist. Aber ich bin nicht Lilith, und ich denke an das Ergebnis von alledem, das Unglück, das sich wie eine giftgrüne Übelkeit in meinem Körper ausbreiten und dieses schlechte Gewissen von Miniaturmensch in mir umhüllen wird. Und das Kind wird die grüne Masse meinen Hals hinaufpressen, und ich werde Angst haben, das Kind zu erbrechen. Früher hatte ich Angst davor, mein eigenes Herz zu erbrechen, jetzt fürchte ich, das Kind könnte sich allzu früh aus mir herauskämpfen. Ich schlucke und schlucke und rufe um Hilfe, und Samuel hilft mir. Er pflanzt mich auf einen unbequemen Stuhl im Hotelzimmer, zieht eine Schublade aus dem Schreibtisch, als wäre sie ein Fußschemel, legt meine Füße in die Schublade, ehe er den Rauchmelder von der Decke schraubt und sagt, na, das ist aber ein schöner Aschenbecher! Er drückt ihn mir in die eine

Hand, steckt mir zwischen die Finger der anderen eine Zigarre, zündet sie an und setzt dabei fast meine lange Nase in Brand. Ich stelle den Aschenbecher mitten auf meinen Bauch, der immer mehr herausragt, ziehe an der Zigarre und sauge den Rauch tief in mich ein, ich bin ein Naturtalent; ich merke, wie das Kind sich beruhigt, die Zeit vergeht, und das Kind hört auf, mich zu treten, sinkt in sich zusammen, und in einer Art Finale gleitet es mit einem Grunzen aus mir heraus.

Das kann nicht passieren. Samuel ist nett, und ich bin auch nicht gerade die böswilligste Person auf der Welt, es ist klüger, wenn Samuel und ich uns erst besser kennenlernen. Wir sollten wie ein Spatz auf der Hand des anderen sitzen, wie es in dem chinesischen Glückskeks stand, den ich einmal bekam, aber noch weiß ich nicht, wie das geht. Ferdinand flattert umher und versperrt meine Gefühle, und außerdem weiß ich nicht, ob ich schon bereit bin für ein Kind. Ich möchte die Lungenkrankheit mit keinem Wort als Ausrede erwähnen, denn dann würde das Wort alles überschatten, was ich früher erzählt habe. Mir selbst gegenüber habe ich immer die Wahrheit gesagt und mich gleichzeitig vollkommen geirrt, wie alle anderen, wir reden in Zungen, wenn wir glauben, wir würden Tacheles reden, und umgekehrt. Jetzt müssen Samuel und ich hier in Dublin Adieu sagen.

Wir stehen uns gegenüber, zwei Minuten lang, als wollten wir ineinander steigen. Der Moment steht still, und dem Anschein nach passiert gar nichts. Aber ich merke, dass hier etwas anfängt; als könnte ich mit einem Mal alles klar vor mir sehen. Ich werde von einer Gewissheit erfüllt, was Samuel und mich betrifft, einer Überzeugung, der eine könnte dem anderen entgegenblicken und lachen. Wir werden uns wiedersehen.

Ich kann erzählen, dass ich Lehrerin bin. Vielleicht ist es besser, ein bisschen mehr zu erzählen. Ich unterrichte Mathematik, und sollte ich das schon mal gesagt haben, liegt es daran, dass ich es selbst nicht glauben kann … Was mich quält, ist nicht in erster Linie, dass ich eine Nachahmerin bin mit diesem Wunsch, jeden Monat wie jedermann eine Gehaltsabrechnung zu bekommen, sondern vielmehr, dass ich anpassungsfähig bin wie eine Kapuzenratte, als könnte ich in jeder beliebigen Umgebung leben, in die eine wie in die andere Richtung, und keinem würde mein Unbehagen auffallen … In dieses schicksalsschwangere Klassenzimmer zu treten, Schritt für Schritt, wie auf dem Weg zum Galgen, gegen den Sturm gestemmt, damit ich nicht umgeweht werde … Hier habe ich keine Grenzen, die Schüler zerren unverdrossen an den von mir gespannten Absperrbändern, und wenn sie auf Abstand bleiben, locke ich sie selbst mit Bonbons herein … Manchmal fühle ich mich gänzlich verloren, muss ständig die Stirn an die Wand lehnen und mich am Türrahmen festhalten, um nicht zu verschwinden … Wenn ich meine Unsicherheit zeige, wird man sie natürlich gegen mich verwenden, und auch die Lungenkrankheit muss ich verbergen, ich versuche, den Husten herunterzuschlucken wie eine Pastille … Was wird das auf Dauer mit mir machen? Ich werde es nie erfahren, die Antwort liegt zu tief begraben.

Es klang wie eine schlaue Idee, an einer grauen Schule zu arbeiten, die kaum Fenster und Türen hat, obwohl ich garantiert nicht dafür geschaffen bin … Ich bin gezwungen, alles zu meinen und zu glauben, was ich sage, das Rad wieder und wieder neu zu erfinden, denn wenn ich mich verstelle, durchschauen die Schüler es sofort … Ich höre, wie sie mich etwas fragen, verstehe aber nicht was, in ihrer Gesellschaft bin ich so schnell verwirrt von Lauten, um gar nicht erst davon zu reden, wie schwindelig mir von Worten wird; all das, was die Schüler zu mir sagen, über die starken Medikamente, die sie einnehmen müssen, sie schmusen mit ihren Diagnosen wie mit einer Katze, reden von der Liebe Gottes … Direkt vor meinen Augen kehren sie ihre Leben mit der gleichen Selbstverständlichkeit nach außen, wie ein Exhibitionist die Hosen fallen lässt, und wenn ich im Gegenzug nicht auch etwas von mir vorzeige, dann zählt es nicht, dann wäre ich nur eine Maschine.

Die Schüler sind weder Kinder noch Erwachsene; ich sehe, wer von ihnen im Leben weiterkommen und wer in der Gosse landen wird, ein Wissen, das ich nicht haben will … Ich versuche, diese Gewissheit vor ihnen zu verbergen, aus Angst, sie könnten meine Annahmen bestätigen … Dann hätte ich Schuldgefühle … Ich würde den Schülern gern alles beibringen, was mein Onkel mir über Mathematik beigebracht hat, aber ich fürchte, ich könnte sie auf diese Weise zu stark an mich binden, ich habe sie schon einmal aus Versehen meine Kinder genannt ... Einige von ihnen versuchen mit Absicht zu sterben, erst kürzlich gab es einen unglücklichen Zwischenfall mit einer Socke, eine dieser dünnen Baumwollsocken ohne ordentliche Ferse, ich hatte sie ihnen empfohlen, aber vergessen zu sagen, dass man sie an die Füße zieht und nicht in den Hals steckt ... Die Suizidgefährdeten lauern überall, ob das etwas mit mir zu tun hat ? Die Schüler schlucken so unbekümmert Pillen, als würden sie frühstücken, hängen sich aus den Fenstern, binden ein Seil um ihren Knöchel ... Sie tragen immer einen Brief bei sich, in dem steht, dass alles ein Hilferuf war, dermaßen amateurhaft ... Ich trage die Angst in mir, sie könnten etwas verwechseln und anstatt sich selbst mir das Leben nehmen ... Schon zu Beginn dieser Tätigkeit fürchtete ich, den Schülern mein Leben zu schenken, in diesem Klassenzimmer zu bleiben, bis nichts mehr von mir übrig ist ... Bis kein bisschen mehr von meinen Träumen vom Schreiben übrig ist ... Ständig ertappe ich mich bei dem Gedanken, dass ich nirgends lieber wäre, ich brauche mich nicht in Phantasien von Samuel einzuleben, hier ist die Realität viel zu aufdringlich.

Passt gut auf, sage ich zu den Schülern. Jetzt erzähle ich euch etwas ganz Besonderes! Aber niemand bekommt es mit, und als ich die Formeln wiederhole, die eine so große Bedeutung für mich hatten, sagen die

Schüler seufzend, das hätten sie schon mal gehört … Nie weiß ich, ob meine Worte und ich gleich in Vergessenheit geraten oder ob ich ewige Bewunderung wecke … In die Ecke!, sage ich. Aber keiner von ihnen macht Anstalten, in die Ecke zu gehen und sich zu schämen, also muss ich mich selbst dorthin stellen, in die hinterste Ecke, damit die Schüler glauben, ich hätte von Anfang an mich gemeint … Während ich dort stehe und die Borkenkäfer an der Wand zähle, denke ich, dass ich zu einem Menschen werden sollte, für den ich Sympathie empfinden kann.

Rektor sieht aus wie der Teufel persönlich, wie er sich hinter das Lenkrad seines Wagens duckt, seine Visage hat die gleiche Farbe wie sein Hemd … Auf der Personalbesprechung trommelt er sich auf die Brust und redet davon, wie viel Geld wir mit den schwerstgeschädigten Schülern verdienen können, es gebe so viele Zuschüsse, er erzählt das, als wäre es zum Besten der Schüler … Ich sehe mich gezwungen, zu nicken und zu lächeln, er glaubt wohl, ich wollte mich bei ihm einschmeicheln … Das Schlimmste ist, dass es sicher auch stimmt … Nach den Sitzungen hält er mich auf und liest mir selbstgeschriebene Gedichte vor, und mir bleibt keine Wahl, ich muss so tun, als wäre ich berührt … Ich wünschte, jemand würde ihn enthaupten, aber das wäre so, als schlüge man einem Einzeller den Kopf ab, also kapituliere ich und schmiede Pläne, mir selber einige Körperteile zu entfernen.

Ob ich Samuel vermisse? Ja, natürlich vermisse ich ihn … Ich vermisse ihn, seit ich ihn das erste Mal sah …

Und jetzt ist er in einem Kricketspiel gefangen, das ewig weitergeht, und in dem alles Verlangen, das kein Ventil hat, verschwindet … Ich kann den Abstand zwischen Samuel und mir nicht begreifen, er ist wie ein Schild, das am Nordpol steht und Richtung Moskau zeigt … Ich habe das Gefühl, nicht genug Luft in der Lunge zu haben, als dass wir uns annähern könnten … Aber er weiß nicht, wie krank ich bin, und ich traue mich nicht, ihn anzurufen und es ihm zu erzählen … Ich tue so, als wäre Samuel im Wald vor dem Klassenzimmer, das kann ich glauben, und dass ich eine Hütte in diesem Wald besitze, glauben ist immerhin leichter als hoffen, ich hoffe, dass er sich direkt vor der Tür befindet, dass ich sie jederzeit öffnen und ihn zwischen den Blättern finden kann … Aber dann müsste ich den Mut haben aufzusehen.

Meine Sehnsucht nach Samuel oder die Sehnsucht nach einer Zukunft scheint stärker zu werden, je näher ich der Vergangenheit komme; dieses tödliche Blau, das Ferdinands Füße färbt, kriecht mir die Beine hoch … Ferdinand und mich voneinander zu trennen ist nicht leicht, er ist wie ein siamesischer Zwilling, von dem ich geglaubt hatte, man hätte ihn wegoperiert, aber es muss Ferdinand sein, der mir dicht auf den Fersen ist, der Gedanke an Ferdinand klebt an mir wie Hundekot am Schuh … Einer der wenigen Menschen, die ich wirklich geliebt habe, und die Strafe ist, dass ich ihn nicht mehr hassen kann, das muss die schlimmste Strafe sein. Hätte ich ihn wenigstens gehasst, wäre alles leichter gewesen.

Im Zug auf dem Weg zur Schule diskutiere ich lauthals mit Ferdinand, ich bin immer noch wütend auf ihn, war es seine Dunkelheit oder meine, die zu viel Raum einnahm?, so rede ich immer weiter, und Ferdinand muss mein Gejammer mit anhören; das Wimmern einer Kreatur, deren Rückgrat nicht stark genug ist, um all die unbeantworteten Fragen allein zu tragen … Ich lausche der Stimme, die in ihrer Einsamkeit wirr vor sich hinbrabbelt, und es ist so traurig, dass es kaum auszuhalten ist, denn es antwortet ja niemand! Da weine ich … Ferdinand kann unmöglich gestorben sein, damit ich weiterlebe, und trotzdem überlege ich, ob einige Menschen zu Grunde gehen müssen, damit andere durchkommen; die Lungentransplantation – ein Wunsch, den ich mir nicht verkneifen kann, weil meine Lungenflügel kurz vor dem Kollaps stehen – muss wohl der stärkste Beweis für diese These sein? … Der Gedanke daran, wie ich fieberhaft versuchte, mich oben zu halten, während Ferdinand immer tiefer nach unten sank … Wir wohnten in Frankreich, standen auf einem Balkon in der Stadt des Lichts, aber für Ferdinand war alles dunkel wie im Keller … Diese Dunkelheit erschreckte ihn, schließlich hatte er seit seiner Kindheit keine unverfälschte Dunkelheit mehr erlebt, das hatte er mir erzählt, wir erzählten uns oft Geschichten aus der Kindheit, und jetzt war in seinem Inneren ein Geschwür, gelb und eitrig, das wuchs und wuchs und alles ausfüllte, während er dort auf dem Geländer saß, am Abgrund balancierte, bald glich er einem buckligen alten Mann, obwohl er erst die Hälfte seines Lebens hinter sich gebracht hatte … Er glaubte, dass sie hinter ihm her wären, so krank war er geworden, dass sie ihn kriegen und kleinmachen würden, er wusste nicht, wer sie waren, nur dass es sie gab, in allen Ecken lauerten sie, und er konnte die Tränen nicht zurückhalten ... Er weinte und bebte, und seine Freunde verschwanden, die Freunde, die verstanden, dass er sich das nicht antun konnte, dass er sterben würde, wenn er weiter diese schmerzende Beule füttern würde wie ein verwachsenes Hühnchen in einem Zuchtkäfig ... Schließlich füllte Ferdinands Krankheit alles aus, und ich versuchte, den Gedanken an ihn zu verdrängen und mich auf das Schreiben meines Mathematikbuchs zu konzentrieren und darauf, verstehen zu wollen, und doch schien die Eiterbeule die Wände in meinem Versteck gelb zu färben, Ferdinands inneres Inferno erfüllte mich mit einer heftigen Angst, und ich glaubte, Ferdinand würde allem ein Ende bereiten, als er sich vom Balkon stürzte, hoch über dem Boden, aber dann war es, als würde in diesem Moment alles beginnen, es ist schon ein Weilchen her ... Der schwebende Albatros war das Letzte, was ich von Ferdinand sah, wenn es denn ein Albatros war, erst glaubte ich, es wäre eine Spinne, die über mein Gesicht krabbelt ... Und ich spürte, wie mein Herz schlug und schlug ... Ich verstand, dass ab sofort alles anders war, aber ich hatte keine Ahnung, was dann passieren würde, alles ist so blau geworden ... Ich bin ahnungslos wie ein Silvesterabend, von Raketen geblendet ... Warum will Ferdinand nicht loslassen ... Warum will ich nicht loslassen? ... Jetzt denke ich über mich nach, als wäre ich Ferdinand und Ferdinand ein Fremder, das ist ein Gebiet der Psychologie, in das ich mich nicht hineinbegeben sollte … Ich überlege, ob ich Ferdinand einen anderen Körper schenken sollte, einen wie meinen, mit Brüsten, in der Hoffnung, das würde Abscheu genug in mir wecken, meine beiden primitivsten Bedürfnisse zu stillen, die Sexlust und den Traum, Missionarin zu werden … Aber Ferdinand würde die Brüste wohl nur vergebens melken.

Wir sind mit Worten aneinander gefesselt, ich erzähle Ferdinand alles, was ich sehe, als hielte ich sein Ohr in meinen Händen, wie damals, als er noch lebte und ich schreiben übte, und ich starre auf die Tür im Klassenzimmer und sage, dass dort ja wirklich eine Tür sei, und wäre Ferdinand auch noch blind gewesen und hätte etwas mit diesen Worten anfangen können, ja, dann hätte er seinem Schicksal gedankt … Worte sind alles, was wir haben, eigentlich finde ich solche Floskeln gar nicht so dumm, aber vielleicht stimmt nicht einmal das, eigentlich kommen mir Worte zunehmend verräterischer vor, ich hätte genauso gut sagen können, das Einzige, was wirklich helfe, sei die Mathematik, die Mathematik sorge dafür, dass ich mich selbst besser kennenlerne, ich müsse nur anfangen, die Haare rings um meinen Bauchnabel zu zählen, und schon sei ich dabei.

Ferdinand und ich stehen zusammen hinter dem Katheder, als wäre ich seine Leibwächterin, ich werde auf dich aufpassen, sage ich, dich vor den Schülern beschützen, ihnen von dir erzählen, und während wir darauf warten, dass die Schulglocke läutet, zupfe ich Ferdinands Nabelhaare … eins nach dem anderen … er liebt mich er liebt mich nicht er liebt mich er liebt mich nicht ... ehe ich die Haare in seine Achselhöhle verpflanze, als würden sie sich nicht selbst bis dorthin ausbreiten ... Ferdinand ersetzt das Blumenbeet, von dem ich träume, ich stelle mir vor, wenn ich ein Blumenbeet hätte, würden Samuel und ich nicht so viel streiten und einander unwiderruflich verletzen ... Ich kann nämlich wütend werden. Auf Dinge einschlagen. Dinge an die Wand werfen. Was wäre, wenn ich Samuel mit etwas Hartem am Kopf träfe ... Blumen helfen gegen alles, was wehtut ... Ferdinand sieht auf mich herab und räuspert sich ... Ich glaube, er will etwas sagen ... Aber nein ... Ich hatte geglaubt, Ferdinand würde an seinen Zigarren sterben, zu Lebzeiten räusperte er sich immer. Immer, immer. Einmal nahm ich allen Mut zusammen und erzählte ihm von dem französischen Sänger und Frauenhelden, der so unfassbar viel rauchte. Gestorben an einem Herzinfarkt ... Aber Ferdinand lachte nur, obwohl ich es ganz ernst meinte ... Ich habe nie geraucht, und trotzdem bin ich lungenkrank, das ist ja das Ungerechte ... Wäre es besser gewesen, wenn Ferdinand sich zu Tode geraucht hätte? Ja, viel besser.

Ich stehe da wie am Boden festgefroren und betrachte die Schüler, die wie Entenküken zur Tür hereinwatscheln ... Ich wünschte ich wünschte nicht ich wünschte ich wünschte nicht ... Zum ersten Mal sind sie von Zuhause weg, endlich ist die Angst, die sie spüren, seit sie geboren wurden, wahr geworden, die Angst, von Mutter und Vater getrennt zu sein ... Sie sehen mich an, als würden sie am liebsten in meine Gebärmutter hineinkriechen ... Ganz reglos stehe ich da, die Beine überkreuzt, als würde mich die Unbeweglichkeit schützen, ja, denn wenn ich still stehe, gelten gewisse Regeln, die außer Kraft treten, wenn ich mich bewege … Das Unbewegliche an mir sorgt beispielsweise dafür, dass man mich nicht hängen kann, das liegt auf der Hand, und kreuzigen auch nicht, denn wie sollte das vor sich gehen? Das ist das Einzige an der Mathematik, was mir gefällt … Ansonsten enthält die Mathematik so vieles, das sich vermehrt, Zahlen, die sich formieren wie geile Kaninchen, und den Gedanken daran finde ich unheimlich, an alles, was sich vermehrt, und ehe ich michs versehe, habe ich mir etwas geholt, was ich nie wieder loswerde.

Ich mache es mir auf dem Stuhl hinter dem Katheder bequem, sage, jetzt geht es los! Ferdinand bricht in schallendes Gelächter aus, und da schmunzeln die Schüler, und ich auch … Doch als ich den Zeigestock heben will, höre ich jemanden schluchzen … In meinem Inneren schluchzt auch etwas … Eine Schülerin legt mir die Hand auf den Arm, fragt, ob sie ein paar Worte mit mir wechseln könne. Ich kenne das Mädchen nicht, bis sie diesen Satz sagt: Kann ich ein paar Worte mit Ihnen wechseln? Und wir gehen in einen anderen Raum, denn dieser Satz bedeutet, dass die paar Worte nicht dort ausgesprochen werden können, wo das Mädchen und ich uns befinden, wir müssen uns bewegen, damit die Worte ausgesprochen werden können, als befänden sie sich bereits im Nachbarraum … Dort bricht das Mädchen in Tränen aus. Sie hat es gerade mal geschafft, die Worte vom Boden aufzulesen und in den Mund zu stecken, da weint sie schon … »Ich bekomme ein Kind …«

Die Worte sind in Tränen verpackt, und da nehme ich die Hände des Mädchens, während die wenigen Worte zu mehr Worten werden (welche, darf ich nicht sagen, ich unterliege der Schweigepflicht). Die Starke, die alles wieder gut macht – plötzlich bin ich dieser Mensch ... Wahrscheinlich werde ich deshalb von irgendwelchen Strahlen erfasst, Wärmestrahlen, die sich in mir sammeln, als wollten die Brüste nach innen fallen ... Ich sehe das Mädchen an und verstehe, dass ich ein Kind lieben kann, ich brauche keine Angst zu haben ... Also lege ich die Arme um sie, flüstere, dass wir unseren Kopf anstrengen müssen, um eine Lösung zu finden ... Ich glaube, es ist eine Art Integral oder etwas, das ich mithilfe von Derivationen beweisen könnte, oder Mutationen, wer weiß ... Nichtwissen ist der Weg zum Glück, an diesem Punkt kann das Denken beginnen, ich kann alles mit Null multiplizieren und gleichgültig sein ... Ich fühle mich klug und verantwortungsvoll, schenke mir selbst zur Belohnung eine Schleife, die ich mir ans Revers hefte, in den höchstgeschätzten Farben, und das Mädchen umarmt mich fest, ihr Haar ist ein bisschen klebrig ... Komm, sage ich, und wische ihr mit dem Ärmel meines Pullovers den Rotz von der Nase, wir müssen wieder zu den anderen gehen ... Ich kümmere mich um meine Schüler, niemand kann etwas Gegenteiliges behaupten, ich kümmere mich vielleicht so, wie sich die Schüler um ihre Leberflecken kümmern.

Wenn ich nur an sie denken würde, hätte ich eine gute Ausrede für die Grimassen, die ich ziehe, die Grimassen, die meine Gleichgesinnten – falls es so etwas überhaupt gibt – als Lächeln zu deuten scheinen oder als Aufforderung, ihre Lehrbücher hervorzuholen … Ich habe das Buch selbst geschrieben!, sage ich, und die Schüler klatschen, die Welt will betrogen werden, wie schade, dass niemand Klügeres als ich diesen Job machen darf … Ich war einmal auf einer internationalen Konferenz über Mathematik eingeladen!, sage ich, aber da verdrehen die Schüler die Augen … Sie beugen sich über ihre Ranzen, ein selten schöner Anblick, aber warum müssen sie seufzen, als wäre jeder Seufzer ihr letzter? Ein Junge streckt die Hand in die Luft, als wollte er einen Tennisball fangen … Sein Gesicht ist irgendwie schon verlebt, und man sieht ihm an, dass er nachdenkt, was ja nicht unbedingt normal ist, und ich fasse es als Kompliment auf … Er hat das Kapitel über das Fliegen gelesen, und in seinen Worten erkenne ich etwas wieder, was ich noch nie gehört habe.

Ich dachte, es wäre hilfreich, meine Gedanken zu Papier zu bringen, und ich notierte ein Zeichen, das keine besondere Bedeutung hatte, ich wollte beweisen, dass ein Mensch sich verändern kann!, und einen Gegenbeweis führte ich auch an, ja, ich war so tief im Schreiben versunken, dass ich Angst hatte, es könnte mein Ende bedeuten, als hätte ich genauso gut mein Testament schreiben können … Aber ich kam nie dazu, Ferdinand mein Ergebnis zu zeigen, das war ein Strich durch die Rechnung … Das Einzige, was ich ihm noch zeigen konnte, war die Formel für Luft samt irgendeiner Wahrheit über Chlorophyll, und was braucht man schon mehr?

Neben der Tafel hängt ein Spiegel, aber ich betrachte mich nicht im Spiegel, um klüger zu werden, nein, das will ich nicht … Im Spiegel fürchte ich das zu sehen, was meinen Blick zuerst erreicht, nämlich Ferdinands Blick, ganz so, als würden mich seine Augen im Auge behalten, um mich mit dieser Finte zu täuschen … Sie hätten sich die Mühe sparen können … Ich vermisse die Zeit, als ich darauf vertraute, dass Ferdinand herbeilaufen und mir über das Kinn streichen würde, aber zu dieser Zeit lebten wir noch in derselben Welt … Jetzt muss ich die Erwachsene sein, ohne jemanden, der auf mich aufpasst, kaum auszudenken, wenn das Kind in mir für immer verschwindet … Es ist unerträglich, tröstliche Gedankenwellen in den Äther zu schicken, ohne jemanden zu haben, der einem die Tränen trocknet, als säße man vor einer fürstlichen Mahlzeit, ohne einen Magen zu besitzen … Aber ich weiß ja, dass niemand es leicht hat, und ich weiß auch, dass alles nur noch schlimmer wird, wenn man sich der Melancholie hingibt, die Sentimentalität ist die Schwester der Brutalität, auf diese Weise kann man ertrinken … Warum hat das Wort »sinken« immer so verlockend auf mich gewirkt? Was ich mit diesem Verb alles hätte anstellen können, ich selbst hätte das Verb sein können, obwohl ich es nicht einmal korrekt in der Vergangenheit und Zukunft konjugieren kann … Niemand reicht dir die Hand, während du da liegst und dich abmühst, niemand zieht dich hoch, weil man glaubt, du wärst zu schwer, weil man glaubt, du hättest irgendein Gewicht … Stark zu sein, ist das Einzige, was hilft, und weil du nicht stark bist, musst du so tun als ob.

Ich beeile mich, die Oberschenkelmuskeln anzuspannen, werfe den Schülern Luftküsse zu, stürme aus dem Klassenzimmer, in den Wald … Dort ist alles so anders … Als wäre ich nur ein Skelett und Ferdinand ein Bär, vielleicht habe ich auch nur vergessen, mir Muskeln, Haut und Haar anzuziehen … Sicher weiß ich nur, dass ich friere, hier draußen im Wald, es ist ein so schöner Tag … Ich werde meinen Trauermantel gegen Ferdinands Pelz tauschen, das ist nicht unanständig, diese Kälte in meinen Knochen lässt sich nicht aushalten, die Reue, die an den Rippen reißt und rüttelt … Ich schubse Ferdinand zu Boden, bin der Windstoß, der ihn umweht, und ich flüstere, dass er still sein soll, ich will ihm nichts Böses, will nur das Innere zum Äußeren machen, ich schlecke seinen Schmerz in mich hinein wie Honig … Ich grapsche nach den Nieren, dem Magen, denke, dass die Vergebung irgendwo im Bärenkörper befestigt sein muss, ehe ich ihn nach außen kehre … Es scheint sinnlos, sich selbst auf diese Weise zu betrachten, ein Wunsch, aus dem nichts Gutes erwächst, immer diese Metaphern, dabei kann Ferdinand Allegorien nicht ausstehen, ich hätte dasselbe genauso gut anders ausdrücken können, einfacher, ich hätte Ferdinand und mich beobachten können und sagen: Seht her, Ferdinand peitscht sich aus, und ich bohre mir jetzt in der Nase, und das wäre alles und mehr als gut genug! Ich hätte sofort verstanden, was ich meine, und das passiert mir nur selten, überhaupt scheint meine Auffassungsgabe ziemlich wankelmütig und beschränkt zu sein … Ich gehe weiter hinein, die Zweige und Äste knacken, ich weiß nicht, wohin Ferdinand verschwunden ist, ob er mich jetzt singen hört? … Wie eine kleine Kommunistin singe ich von der Sonne, die Sonne geht im Osten auf, säumt Wolken dann mit Goldesrand, geht über Meer und Wellenkamm, geht über Stadt und Land … Ich male die Worte mit solchem Einfühlungsvermögen aus, dass ihm nichts anderes übrig bleibt, als geradeaus zu gehen in der Hoffnung, er käme irgendwann zu einem Abgrund … Was mich an Samuel erinnert … Immer weiter zu fallen, aber dann, dort am Abgrund, mitten im Kopfsprung, wird man ihn völlig unbeschadet finden … Ich muss Samuel finden, ehe die Schüler zum Hörer greifen, weil sie nach mir suchen, aber ich werde nicht drangehen, ich will nicht herbeirennen, nur weil sie mich rufen und anrufen, ich habe schließlich noch andere Menschen als sie … Ich warte in der Telefonzelle, und endlich rufen sie an … Hallo!, sage ich … Es ist die Schülerin mit der längsten Diagnose von allen, mir ist schon aufgefallen, dass sie etwas sonderbar ist … Ich habe gesehen, dass Sie ein bisschen traurig sind, sagt sie … Meine Liebe, sage ich, mehr bringe ich nicht heraus … Sie werden eine Bedeutung für mich erlangen, sagt sie … Ich weiß, sage ich, und mir wird ganz kalt … Ich taumle wieder aus der Telefonzelle hinaus und suche nach Samuel zwischen den Baumstämmen, die beiseite treten und mir Platz machen, der Himmel muss nicht blau sein, nein, viel schöner ist dichter Nebel, der sich um den Kopf legt und auf die Augen, und es duftet stark nach dem Überlebensinstinkt der Natur, das Moos, das sich naiv nach oben reckt, den Füßen entgegen, die es zertrampeln werden, und dann lichtet sich der Nebel, nur ein kristallklarer Hauch von Frost bleibt, und die Bäume wechseln die Farbe, weil die Sonne sie aufwärmt … Es duftet nach Pyramidengünsel, Siebenstern, Zilla spinosa … Die Landschaft wogt auf und ab wie Wellen, aber ich kann Samuels Spuren in den Wellen nicht sehen, und wie um die Seele vor allzu starken Eindrücken zu bewahren, oder vor anderem Druck, wird der Waldboden nun von Schnee bedeckt, weiß wie Antidepressiva, der Raureif legt sich wie eine Schale über mein Gesicht … Ich ritze Buchstaben in den Boden, stecke den Zeigefinger tief in den nassen Schnee, damit Samuel es sehen kann: HILFE! Ich habe den Verdacht, dass er hinter der hohen Kiefer steht, und ich warte darauf, dass er hervorlugt. Er lugt nicht hervor … Ich gehe auf den Baum zu, stelle mich davor, horche auf Geräusche, höre nichts … Aber dann höre ich einen Laut … Ich lehne mich gegen den verwitterten Stamm, versuche die Türklinke herunterzudrücken … Samuel? … Jetzt verstehe ich, dass wir Verstecken spielen, und zähle bis siebzehn, weiter kann ich nicht zählen. Nicht kucken, sagt Samuel. Glaube ich, dass ich die Liebe sehen werde, nur weil er mich vor dem Sehen gewarnt hat? Ich kann die Äste hören, die über meinen Gedanken knarren, und ich weiß, wo Samuel ist … Ich glaube, es ist die Liebe, die knarrt … Was werde ich zu sehen bekommen, wenn ich erst geradeaus spähe, um dann vorsichtig den Kopf in den Nacken zu legen? Ich weiß es nicht, aber ich fürchte, dass die Zeit aufhören wird, als hätte jemand einen Deckel auf mich gelegt, der alles bedeckt, und der mich mit

Panik erfüllen wird oder mich lähmen … Jetzt mache ich mir in die Hose, denke ich, immer wenn ich überlege, den Kopf in den Nacken zu legen, und dann doch weiter geradeaus starre, jetzt passiert es! Und dann mache ich mir in die Hose, die Wärme rinnt meine Beine hinab … Ich folge ihr mit dem Blick, bleibe stehen und sehe zu Boden, und mit meinen Augen im Hinterkopf kann ich Samuel da oben im Baum sehen, es sieht aus, als hätte ihm jemand einen Strick ums Gesicht gelegt und ihn festgezurrt, indem er an Samuels Nase gezogen hätte, seine Augen gleichen zwei kleinen Bergseen, tief wie Brunnen, in jedem von ihnen ein Nöck, Samuel lächelt, und die Tränen kullern wie Bäche hinab über das hügelige und moosbewachsene Gelände … Deine Augen wechseln immer noch ihre Farbe zwischen grün und blau, sagt er.

Dann laufe ich, so schnell ich kann, ich muss aus dem Wald hinausfinden, als würde der Glaube an die Zukunft zu stark für mich … An die Sonnenuntergänge kann ich mich nicht erinnern, und die Sonnenaufgänge verbrennen mich bei lebendigem Leib, ein ums andere Mal … Ich versuche, meine Angst vor den Sonnenaufgängen in den Griff zu bekommen, das heißt, ich lasse sie gar nicht erst an mich heran, und damit auch nicht die Todessehnsucht … Es gibt eine Droge – ich habe mich nicht getraut, Ferdinand nach ihrem Namen zu fragen –, man nimmt sie und glaubt, man wäre tot, aber es ist einfach nur schön … Keine Furcht, kein Schmerz … Limbo? … Es war nicht natürlich, wie sich die Dinge entwickelten, wie Ferdinand sich nach dem Tod zu sehnen begann, der Intellekt über die Natur siegte, und das war das Dümmste von allem: Je mehr Ferdinand sich dem Tod annäherte, wissentlich und willentlich beinahe, desto mehr war mir, als würde ich Ferdinands Rauch in meine Lunge ziehen, und mit jedem Atemzug weiter aus diesem Raum verschwinden, hinaus in den Weltraum … Das Leben auf Erden ist so wertvoll.

Mit nasser Hose gehe ich wieder ins Klassenzimmer, und da ist Ferdinand, ich finde ihn im Schrank versteckt, packe ihn am Schlafittchen und ziehe ihn heraus, sage, dass wir all dies Schulter an Schulter durchstehen müssen, obwohl das einzig Vernünftige wäre, einfach vorbeizugehen … Jesu Alter!, rufen die Schüler, als ich erzähle, ich hätte heute Geburtstag, und sie behaupten, im Himmel hätten alle dieses Alter, was auch in mir den Wunsch nach einem Gott weckt, den ich anbeten kann … Aber wenn ich einen Gott hätte, müsste es so ein netter, comicartiger Typ sein, wie kleine Kinder ihn haben, nicht dieser teuflische Gott, der uns Menschen die Fähigkeit zum Denken gegeben hat … Es macht es nicht besser zu wissen, dass die Schüler bereits von dieser Lawine mitgerissen wurden, dass sie sich vor den Zehen eines Gottes zusammenkrümmen und höhere Mächte anbeten oder niedere, als würden sie darum betteln, dass ich sie adoptiere, dabei ist es nicht immer das Richtige, einen Jugendlichen zu adoptieren … Was, wenn ich sie adoptierte, und dann wollten sie mich doch nicht haben, das wäre schlimmer, als schwanger zu werden, und ich wünsche mir von ganzem Herzen zu erleben, wie unheimlich es sein muss, schwanger zu sein.

Könnte ich mich besser daran erinnern, wer ich bin, hätte ich mehr für mich selbst eingestanden, und ich habe Angst, dass ich, wenn ich die Worte der Schüler annähme und verstünde, eine andere werden würde, dabei habe ich mich ja noch nicht einmal an diejenige gewöhnt, die ich jetzt bin … Dann stelle ich den Schülern Rechenaufgaben, denn wo sonst sind wir uns selbst so nahe wie in der Mathematik? Ich hätte ihnen genauso gut die Aufgabe stellen können, mich bei lebendigem Leib aufzufressen … Aber ich bin mir nicht sicher, ob sie mich auch fressen wollten, wenn ich sterben würde … Alle scheinen zu jedem erdenklichen Zeitpunkt auf die Idee zu kommen, alles Erdenkliche zu sagen! Ein Junge erzählt mir, welche Geschlechtskrankheiten er sich zugezogen hat, was mich auf die Idee bringt, ich hätte nicht ausschweifend genug gelebt … Ich reiche ihm den Schwamm, damit er den kleinen Schlingel, der zwischen seinen Beinen baumelt, wegschrubben kann, aber der Schlingel muss es missverstanden haben, denn plötzlich hat der Junge drei davon … Was haben Sie mir angetan?, ruft er … Entschuldigung, flüstere ich … Ich möchte den Schülern etwas Schönes erzählen, über den Axolotl – mit Zehen und Lunge, ein Fisch? ein Mensch? –, der auf dem Meeresgrund spazieren kann, dann werden sie glauben, alles sei möglich … Sie können ein Axolotl werden, wenn sie wollen! Aber da bleibt mir der Atem im Hals stecken, wenn man vom Atem überhaupt in der bestimmten Form Einzahl sprechen kann, es muss doch mehrere davon geben? Oft wache ich davon auf, dass mir der Atem aus den Ohren kommt, ein Atem auf jeder Seite des Kopfes, und dann muss von mehreren Atems die Rede sein, es sei denn, es ist ein und derselbe, der sich zweiteilt, irgendwo tief im Gehirn, um dann eine halbe Runde um den Schädel zu wandern wie zwei Planeten um die Sonne, ehe sie in einer Explosion kollidieren und in der Nase verschwinden, den Hals hinab.

Je lieber ich meine Schüler gewinne, desto schwerer fällt es mir, vor ihnen zu sprechen. Als würden sie meine Lungenkrankheit beschleunigen … Ich muss immer neue Wege finden, sie vor ihnen zu verstecken, wenn ich huste, sage ich, das sei psychosomatisch, sie sollten sich nicht aufregen, denn ich hätte keine ansteckende Erkältung, und es werde nie wieder vorkommen … Regen Sie sich ab, liebe Lehrerin, sagen die Schüler, wir mögen Sie, obwohl wir Sie ziemlich lächerlich finden … Es ist, als würde der Weg von meinen Gedanken, die sich irgendwo in den Lungenbläschen befinden müssen, bis hin zu meinen Schülern zu kurz werden, der Weg wird immer kürzer und kürzer, wenn von einem Weg die Rede ist … Als würde ich spüren, wie mein Herz in den Gedanken schlägt, oder auf die Gedanken einschlägt, als würde ich einen Gedanken denken, und in dem Moment, in dem ich ihn von der Lunge nach oben und durch den Mund hinauspressen will, schlägt das Herz den Gedanken wie ein Kricketschläger, schlägt ihn in kleine Stücke, und dann kann ich gar nichts mehr sagen … Die Lungenbläschen werden immer schrumpeliger und fauliger, wie eine Ziehharmonika, die zu lange in einem kalten und feuchten Keller gelegen hat, bald werde ich nur noch aus Atemnot bestehen, die ins Leere ausschlägt in dem Versuch, zu Lauten zu werden, Laute, die mehr Sinn ergeben als nnngghhgngh … Der Mangel in mir ist wichtig, aber ich kann nicht nur Mangel sein.

In dieser Nacht muss ich wie so oft in der Schule übernachten, denn ein Erwachsener muss ein Kreuz auf ein Formular setzen, sobald ein Schüler einen neuen Selbstmordversuch unternimmt, und das kann auch nachts passieren … Früher war Selbstmord gesetzlich verboten, auf einen Selbstmordversuch stand die Todesstrafe, keine dumme Idee, einen gewissen Sinn für Humor braucht man ja schon, wenn man sich das Leben zu nehmen versucht … Aber jetzt hat der Spaß ein Ende, sage ich zu den Schülern, dieser Spaß, von dem ich das Gefühl habe, er hätte nie richtig angefangen … Morgen ist auch noch ein Tag, es setzt Disziplin und Lebenslügen voraus, eine solche Monotonie auszuhalten … Die Schüler gehen jubelnd in den Schlafsaal, während ich auf einer Bank im Klassenzimmer schlafe, so kann ich sicher sein, dass ich am nächsten Tag nicht zu spät zum Unterricht komme.

Der Schlaf, über den weiß ich nichts … Ich wünschte, ich könnte schlafen, und wünsche es doch nicht, und so bekomme ich immer ein bisschen von dem, was ich mir wünsche … Ich lege mich nur aus Pflichtgefühl hin, als würde mich jemand, für den ich verantwortlich bin, beobachten und registrieren, dass ich mich schlafen lege … Ich habe ein schlechtes Gewissen, wenn ich mich zu spät hinlege, und mit »zu spät« meine ich ausgehend von einem Maßstab, von dem ich nicht weiß, wer ihn mir eingeimpft haben könnte, ich weiß nur, dass es ihn dort drinnen gibt, zusammen mit anderen Maßstäben, wie viel ich essen und wie oft ich auf die Toilette gehen sollte und so weiter … Es passiert äußerst selten, dass ich mich überhaupt schlafen lege, ja, wenn ich darüber nachdenke, ist es wohl noch nie geschehen … Der Schlaf an sich; ich sehne mich weder nach ihm noch von ihm weg, aber ich fürchte ihn, finde ihn unzuverlässig. Und es geschieht nicht selten, dass er mir die furchtbarsten Erkenntnisse darüber liefert, wie die Liebe, die einzige Kur gegen das Menschsein, an mir vorüberfährt, ohne anzuhalten, wie ein Boot an einer Insel, und ich bin die Insel, und mir wird bewusst, wie das Kind in den Eierstöcken unentbunden bleiben könnte, was auch mich unerlöst ließe, und was geschieht, wenn ich nie einen Roman schreibe oder wenn ich es tue; all das sind Erkenntnisse, die ich sicher zu etwas gebrauchen könnte, wäre ich Philosophin.

Jetzt habe ich schon wieder Albträume von Ferdinand … Er wird in die Erde hinabgesenkt, und ich gehe zum Rand seines Grabes und flüstere: *Un bon soldat, adieu camarade* … Dann werfe ich eine Rose zu ihm hinab, spüre ein unbegreifliches Glücksgefühl im Bauch, wie ein junges Mädchen, das seine erste Tasche von einer Brücke wirft … Ich sehe die Rose fallen, und da bemerke ich, dass meine Hand an der Rose festhängt … Die rechte Hand, die ich benutze, wenn ich Differentialrechnungen aufstelle, verschwindet ebenfalls im Grab.

Das Leben hat begonnen, mehr als drei Dinge sagen mir das. Ich fühle mich geblendet, die Pupillen wollen sich nicht zusammenziehen. Ich muss gefallen sein, denn mein Kopf liegt neben dem Farbeimer auf dem Bürgersteig. Der Schmerz in meinem Handgelenk ist so stark, dass ich brechen muss, aber ich springe sofort wieder auf, damit niemand Verdacht schöpft. Ein Passant fragt mich, ob es mir gut gehe. Sie sehen aus, als wäre Ihnen ein wenig übel, sagt er. Ich schäme mich und würde am liebsten im Erdboden versinken, aber das dürfen nur Kokosnüsse. Meinem Arm ist vielleicht ein wenig übel, antworte ich und lache angestrengt. Aber mir geht es prächtig!

Als ich zum guten Stuhl nach Hause komme, werfe ich einen Blick unter den hübschen Gips, den ich bekommen habe, und will sehen, ob sich dort drinnen etwas Gutes verbirgt. Wie dumm, sich das Handgelenk zu brechen, ausgerechnet mir muss das passieren, wo ich doch so wenig für Zipperlein übrig habe. Schmerz ist nicht gleich Schmerz, und meine heftigen Brustschmerzen machen mir schon genug zu schaffen. Nachts werde ich manchmal von meinem eigenen Pfeifen wach. Ich stelle mir vor, wie ich in der Transplantationsschlange, in der ich für meine neue Lunge anstehe, vor- und zurückgeworfen werde wie der Druckkopf einer alten Schreibmaschine. Ich warte darauf, dass der Doktor zum Hörer greift und mir erzählt, dass ein passender Spender den Löffel abgegeben hat. Das erzähle ich nicht, um Mitleid zu heischen, obwohl ich mehr Mitleid verdient hätte als der Spender.

Ich rufe Rektor in der Schule an und melde mich mit sofortiger Wirkung krank. Sie können garantiert keinen Lehrer gebrauchen, der nicht in der Lage ist, den Rohrstock zu benutzen. Ich erwähne die Lunge mit keinem Wort, sicher, weil man sie von außen nicht sehen kann. Den Arm erwähne ich auch nicht. Nach der Transplantation wird sich einiges fügen, aber mir wird kein neues Leben eingepflanzt werden, nur eine Lunge. Trotzdem wird das Leben anders sein. Es wird Raum für etwas anderes geben, wo vorher kein Raum war. Streitereien mit dem Tier, wer den Abwasch übernimmt?

Ich habe mir ein Tier angeschafft, als Vorbereitung aufs Kinderkriegen oder auch nur, um mich weniger allein zu fühlen (ich könnte mir keine Puppe anschaffen, so naturgetreu sie auch sein mag). Dem Tier habe ich den wohlklingenden Namen das Kind gegeben, ohne Anführungszeichen, um den Übergang reibungsloser zu gestalten. Wenn ich ein echtes Kind bekomme, soll es einen weniger sinnlosen Namen tragen, sinnlos durchaus, aber doch weniger sinnlos, und ich frage mich, ob nach der Operation auch Raum für die Gewissheit sein wird, dass ich mich zuvor getäuscht habe, dass ich selbstverständlich lieben und geliebt werden kann, trotz allem, dass es nicht um krank oder gesund geht? Wird Raum für Samuel da sein?

Seit meiner Kindheit trage ich Eheringe, an jeder Hand einen, obwohl ich nie verheiratet war, die Ringe sind wie eine Impfung. Ich stahl meinen Eltern die Ringe von den Fingern, während sie schliefen, und ich sah auf meine kindlichen Wurstfinger hinab und stellte mir die Frage: Warum *zwei* Eheringe? Ich bekam die absurde Antwort: Warum zwei Hände?

Wenn ich auf der Maschine schreibe, benutze ich beide Hände, seit ich mir das rechte Handgelenk gebrochen habe, schreibe ich allerdings nur noch von Hand, mit der linken. Das klingt wie eine Regierungserklärung. Seit ich mit dieser Hand schreibe, scheint sich ein Pfropfen gelöst zu haben, ich hatte ja nicht gewusst, was sich dort drinnen alles verbirgt, all die Buchstaben, die nichts mit Mathematik zu tun haben, und dabei denke ich vor allem an den Buchstaben K. Nicht dass meine linke Hand nicht schon früher etwas getan hätte, ich benutze sie, wenn ich die Finger hinter dem Rücken kreuze, und außerdem hat die Hand etwa zur Hälfte aller Zahlen und Symbole in meinem Mathematikbuch beigetragen, aber das ist nichts Besonderes, im Gegenteil, das Buch wäre ohne sie besonderer gewesen.

Die Zeit vergeht hier zu Hause viel langsamer als im Klassenzimmer, als würde sie mir im Halse steckenbleiben. Drei Minuten sind eine lange Zeit. Aber es gibt größere Zahlen; sechs Minuten. Ich überlege, ob ich eines Tages denken werde, diese Zeit hätte nie stattgefunden. Ich denke wie immer an Ferdinand, auch wenn ich aufgehört habe, mit ihm zu sprechen. Doch was ist, wenn dieser Gedanke gar kein richtiger Gedanke ist, wenn er nur existiert, damit ich nicht an meine Schüler denken muss? Ich schließe die Augen und denke an Samuel in seiner weißen Kleidung, als würde ich mir ihn als eine Person vorstellen, über die ich in einem Roman schreibe. So sitze ich tagein, tagaus, festige meine Gefühle, grüble, ob ich es mir unmöglich mache, je wieder von der Verliebtheit loszukommen. Am Ende nehme ich allen Mut zusammen und gehe zur Telefonzelle. Ich habe ihn so sehr vermisst.

Ich knie mich in Gebetshaltung hin, lege die Stirn auf den Boden, kann einfach nicht aufrecht stehen, und die Telefonschnur ist lang genug. Ich huste nur innerlich. Einer von uns muss gezwungenermaßen reden. Wir spielen Schere, Stein, Papier. Samuel verliert, und das macht mich froh, denn seine Stimme ist schöner als meine.

Wo soll ich anfangen?, fragt er.

Am Anfang, sage ich.

Er holt Luft, als müsste er Anlauf nehmen.

Das Leben vor meiner Geburt war eine schöne Zeit, sagt Samuel. Ich verbinde sie mit Wörtern wie Schmerz und Verzweiflung, Wörter, die ich mir lieber erspart hätte. Nicht weil sie verkehrt wären, im Gegenteil, ich finde sie anständiger, relevanter als die meisten anderen Wörter, und vielleicht sind sie deshalb so verbraucht, sie werden derart verschlissen, dass es mir Sorge bereitet. Warum sollte ich Mutters Bauch von innen beschreiben, wenn ich genauso gut ihre großen Ohren beschreiben könnte, ihre verwachsene Nase, sie war immer ein wenig männlich. Ich sehe ihr ähnlich, ab und zu sehe ich Zeichnungen von mir und denke, dass ich aussehe wie eine Frau.

Das habe ich auch gedacht, als ich dich gesehen habe, sage ich.

Niemand weiß, woher mein zweiter Vorname stammt, fährt Samuel fort. Er fängt mit B an und endet auf y, mehr will ich nicht verraten. Meine Familie wurde befragt, aber sie haben nur die Achseln gezuckt, leeren Blickes. Mir ist es egal, wie auch die Frage, an welchem Tag ich geboren wurde, vielleicht war es Freitag, der dreizehnte. Geburt erinnert an Tod, die Transformation vom und zum Nichts, und was liegt dazwischen anderes als ein beschwerlicher Weg, den man entlangstapfen muss? Da ist mir das Meer schon lieber. Gebt mir ein Sprungbrett, und ich werfe mich ins Wasser. Tue ich dasselbe jedoch im Traum, ist das Becken immer zu flach – oder leer.

Aua, sage ich.

Vater hat mir das Schwimmen beigebracht, sagt Samuel, Vater, der eine Katze aus dem Fenster schleuderte, er fand eine Katze in seinem Bett, und er konnte Katzen nicht ausstehen, und so brachte er mich auf die Idee, von den Klippen zu springen, die segelnde Katze machte mir Lust auf Luft unter den Schwingen.

Vater war Protestant und hatte seine Gefühle unter

Kontrolle, er warf nicht damit um sich, teilte sein Innerstes nicht mit anderen. Ich weiß aber, dass Vater eine andere Frau liebte als Mutter. Er und die andere Frau saßen in einem Auto, als Ausrede hatte sie gesagt, mit ihrem Auto wäre etwas nicht Ordnung, und hatte Vater um Hilfe gebeten, dem Problem auf die Spur zu kommen, obwohl sie beide schon lange anderweitig verheiratet waren. Sie fuhren an dem Haus vorbei, in dem der Vater der Frau wohnte, der seine katholische Tochter keinen Protestanten heiraten lassen wollte. Die Tochter zeigte voller Verbitterung über das verlorene Glück auf das Haus: Er hat die Liebe getötet! Vater nickte zustimmend. Die Frau hatte einen alten Witwer heiraten müssen, der Dinge mit ihr anstellte, nicht nur im Bett, sondern auch auf dem Esstisch. So betrachtet hatte Vater noch Glück gehabt. Mutter konnte sich kaputtlachen, auch über Vaters Witze, und sie konnte tagelang niedergeschlagen sein.

Samuel verstummt.

Bist du noch da?, fragt er.

Ich nicke.

Also erzählt er weiter.

Mutter und Vater sahen, dass ich mit anderen Kindern spielte, sie sahen mich mit meinem viel zu kleinen Fahrrad davonfahren und beobachteten, wie die anderen Kinder sich lustig machten. Da war ich aber schon so weit weg, dass ich sie kaum noch hören konnte. Ich lehnte das Rad an einen Baum und ging zum Strand hinab, wo ich regungslos stehenblieb und aufs Meer hinaussah. Vielleicht dachte ich an den Igel, das muss meine schlimmste

Kindheitserinnerung sein, gleich nach der Erinnerung an den Hund. Ich rettete den Igel und dachte, ich würde ihn auch weiterhin retten, indem ich ihn in eine Hutschachtel setzte, in der sich auch Würmer befanden, die ich für einen guten Proviant hielt. Ein paar Tage, womöglich auch Wochen später, wollte ich nachsehen, wie es dem Igel ging. Ich werde es nie vergessen, die breiige Masse, der Gestank. Da sind mir Steine schon lieber, besonders die glatten und runden, mit Mustern wie winzigen Weltkarten. Ich nahm die Steine vom Strand mit nach Hause, um sie vor Wind und Wetter zu beschützen, und vor den Wellen, die sie wieder ins Meer ziehen wollten. Einen Stein legte ich mir in den Mund, den Rest verteilte ich auf den Ästen der Bäume im Garten, meine Eltern standen nicht länger am Fenster und sahen mir nach. Jedenfalls konnte ich sie nicht sehen, und ich dachte an Dinge, die sterben, verschwinden, verwesen.

Samuel räuspert sich erneut, als würde er sich schämen.

Woran denkst du gerade?, frage ich in der Hoffnung, dass er sagt, er denke an mich.

Ich denke an Sigmund Freud, antwortet Samuel, daran, dass wir mit Nostalgie an die Zeit vor unserer Geburt zurückdenken, uns danach sehnen, einen mineralischen Zustand zurückzuerlangen. Jenen Zustand, an den ich mich so gut erinnere. Den Schmerz, die Verzweiflung, und nicht zu vergessen all die Farben, das Gelb, das niemals verschwinden wird. Außerdem hat Freud gesagt, Zeit, die man mit Katzen verbringe, sei nie verschwendete Zeit.

Ich mag Samuel so sehr, dass es mich fast traurig macht. Es tröstet mich, dass er auch schreibt, ich glaube, das wird uns auf lange Sicht beiden nützlich sein.

Seit ich meinen Arm zerstört habe (plötzlich schießen mir Bilder in den Kopf, ich sehe das Kind, das mich hochhebt und zur Tür hinausträgt, die Tür fällt zu, und ich bin zweigeteilt), packt mich die Lust, die Dinge in meiner Umgebung zu beschreiben, das Inventar. Es muss mein linker Arm sein, der so sehr am Inventar interessiert ist. Was für ein Unsinn! Ein Arm interessiert sich für nichts, aber er zählt gern. Er zählt die Tage, die ich nicht bei der Arbeit war, und ich bin erstaunt, dass es nicht mehr sind. Die letzte Handlung des rechten Arms vor dem Unfall bestand darin, eine Wand grün zu streichen, diese eigentümliche Farbe, die mich an den Wald erinnert, ich war gerade hinausgegangen, um noch mehr Farbe zu kaufen, als ich an der Bordsteinkante stolperte. Die Wand steht hinter mir, hier, wo ich sitze, den linken Arm noch intakt. Wobei, was heißt schon intakt, es hat mich gewundert, wie unbrauchbar er ist. Wenn ich die Augen schließe und die Wand mit der Hand berühre, fühlt die Hand nicht, dass die Wand grün ist. Der Rest des Körpers spürt, dass die Wand grün ist, also muss sich das Gedächtnis außerhalb der Arme befinden. Ich bin nicht dumm, das weiß ich. Aber was unterscheidet diese Gewissheit von allen anderen Gewissheiten, die mich zum Narren gehalten haben, seit ich auf dieser Erde herumspaziere? Die Gewissheit, dass ich mein Leben der Deduktion widmen soll? Ich will solche Fragen nicht beantworten. Ich will mir lieber weitere Fragen stellen.

Soll ich Samuel erzählen, dass ich seine Bücher gelesen habe?

Ich habe diesen einen Roman von dir gelesen, sage ich und betrachte den Regen, der an den Scheiben der Telefonzelle hinabrinnt; die Welt dort draußen wird genauso undeutlich wie die Welt in mir.

Rate mal welchen, sage ich.

Ich will nicht raten, sagt Samuel.

Rate, rate, rate!, sage ich.

Nein, sagt Samuel. Ich will nicht raten.

Stille.

Aber ich erinnere mich an nichts aus der Zeit vor meiner Geburt, sage ich.

Das macht nichts, sagt Samuel, du kannst auch irgendetwas aus der Zeit danach erzählen.

In dem Moment ist es, als könnte ich ihm das Schlimmste erzählen.

Ich saß im Zug, ich war fünf Jahre alt, höchstens sieben. Der Zug warf mich auf dem Sitz hin und her, draußen hatte es zu dämmern begonnen, und ich hielt nach Lichtern Ausschau, Lichter vom Herbsthimmel, Lichter von Häusern, Lichter von Menschen, ich starrte auf den Widerschein in der Scheibe, wandte den Blick von meiner Schwester ab, die auf dem Platz gegenüber mit ihrer Puppe spielte. Ich erinnerte mich an einen Tag weit vor diesem, meine Eltern waren nicht da gewesen, wie eigentlich immer, und um mich zu ärgern, hatte mir meine Schwester eine Puppe, deren eines Auge aus dem Puppenkopf baumelte, vor die Nase gehalten.

Meine Schwester war viel hübscher als ich, nur sie

wollten die Menschen sehen. Wenn unsere Eltern Gäste hatten, riefen sie meine große Schwester zu sich. Schaff dieses wilde Tier weg, sagte meine Mutter über mich, sie meinte, ich hätte einen starren Blick. Mutter wünschte sich einen Sohn, sechs Jahre lang hatten mein Vater und sie auf einen Sohn gewartet, meine Mutter hatte den Tag meiner Geburt nicht einmal in ihr Tagebuch notiert. Von dem Moment an, als sich Ei- und Samenzelle trafen und zu zwei X-Chromosomen wurden, war ich eine Enttäuschung, aber meine Mutter schien der Meinung zu sein, ich hätte dieses falsche Geschlecht erst nach der Geburt angenommen, als hätte Mutters Gebärmutter die Prüfung bestanden, die Herausforderung angenommen, nein, an ihr konnte es nicht gelegen haben, denn warum hätte sie sonst enttäuscht sein sollen? Und Mutter pflegte ihre Enttäuschung auch weiterhin. Meine reizende Mutter, das zarteste Geschöpf auf Erden (jetzt ist sie im Himmel), auf deren Schoß ich nicht klettern wollte, weil ich fürchtete, ich könnte ihr schaden, könnte ihr Kleid zerreißen, ungeschickt, wie ich war. Meine Schwester sagte mir, dass Mutter sie bevorzugte, als hätte ich das nicht längst gewusst. Eigentlich ist meine Schwester nett, aber wenn man das Wort »eigentlich« verwendet, heißt das, dass es eigentlich nicht stimmt. Niemand hätte etwas sagen müssen, ich wusste es ohnehin, so etwas weiß man, dass man nicht erwünscht ist, und alles, was man sich als Kind wünscht, ist, dass die Gesichter der Erwachsenen strahlen, wenn man ins Zimmer kommt. Aber dann, stattdessen, ein böser Blick, oder auch gar keiner, Tag für Tag, unsichtbar zu werden, ohne dass es hilft, nichts hilft. Und so blieb ich lieber für mich.

Mhm, sagte Samuel.

Zu dieser Zeit geschah etwas Seltsames, ich wurde von Unruhe befallen. Ich konnte den schwarzen Streifen eines Schattens hinter mir sehen, er kroch unter dem Bett hervor oder aus einer Ecke. Das Gefühl einer merkwürdigen Gegenwart schlich sich ins Zimmer, und diese unbekannte Gegenwart ergriff mein Herz so schmerzlich, dass ich kopfüber floh und nach meiner Schwester suchte, der Einzigen, die mich trösten konnte. Ich fürchtete mich mehr vor der bevorstehenden Dunkelheit als vor der Dunkelheit selbst. Das gleiche Gefühl hatte ich manchmal, wenn ich ein halbfertiges Haus mit stabilen Wänden sah, das anstelle von Türen und Fenstern nur leere Öffnungen hatte, oder wenn ich in einen wolkenlosen Himmel blickte. Hinzu kam eine Abscheu, die in ihrer Intensität an Angst erinnerte, gegenüber allen physischen Abnormitäten wie zweiköpfigen Hühnern, dreibeinigen Kälbern, die sich, wenn man in meinem Beisein über sie sprach, in einen dreibeinigen Mann verwandelten, der mich im Traum verfolgte und mich mit einem Schrei aus dem Schlaf hochschrecken ließ. Das Schlimmste für mich aber waren Puppen, mit ihren großen Augen, die niemals blinzelten, und ihren klitzekleinen Zähnen aus weißem Porzellan. Sie machten mich abergläubisch; der Anblick einer kaputten Puppe ließ mich vor Schreck erstarren. Wenn ich versehentlich eine Puppe fallen ließ, musste meine Schwester sie aufheben und prüfen, ob sie beschädigt war, und wenn es so war, musste sie die Puppe verschwinden lassen, ohne sie mir zu zeigen. Und deshalb war ich jedes Mal so enttäuscht, wenn sie mich absichtlich erschreckte.

Das verstehe ich, sagt Samuel.

Jetzt saß ich also im Zug, und meine Schwester spielte mit ihrer Lieblingspuppe, während draußen die Lichter vorbeirasten. Meine Schwester kämmte das lange Puppenhaar mit den Fingern, sprach mit einer seltsam verstellten Stimme und tat so, als würde diese fremde Stimme der Puppe gehören; es war ein absurdes Gespräch. Als sie am allerwenigsten damit rechnete, stand ich auf, riss ihr die Puppe aus der Hand und warf sie aus dem Fenster.

Samuel schweigt am anderen Ende der Leitung, und mir wird das Ganze fast zu viel, wie ich dort mit dem Gesicht auf dem Boden der Telefonzelle liege. Ich sehe zu meinem Arm hinüber und überlege, ob die Knochenstückchen, die auseinandergerissen wurden, je wieder zueinander finden werden.

Ich lebe mein Leben nur in eine Richtung, und in der entgegengesetzten Richtung mache ich Geschichten daraus, ich habe den unstillbaren Drang, Geschichten mit einem Anfang, einem Mittelteil und einem Ende zu erzählen, und das verfälscht alles, ich bin zum Scheitern verdammt, wenn ich verstehen will, was ein Leben ist, was ein Leben bedeutet, nichts ist eine wahre Geschichte, aber ich kann nicht aufhören, daran zu glauben, denn ich versuche, Sinn aus dem Leben zu schöpfen! Mehr nicht …

Ich überlege, ob ich Zeit und Geld gewinnen kann, indem ich die Wand hinter mir beschreibe, oder ob ich Zeit und Geld dabei verliere. Vielleicht wäre es schlauer, wenn ich meine Zeit dem widmen würde, was vor mir liegt. An der Front ist alles zum Stehen gekommen. Nur die Kaffeemaschine funktioniert die ganze Zeit. Nie gibt es Überraschungen. Doch dann entdecke ich den Sand auf dem Boden. Wie kleine Berggipfel, eine Miniaturlandschaft aus Gras und Erde. Das Kind hat die Natur ins Haus gebracht. Das Kind, das hier wohnt, macht Unordnung, während ich Ordnung schaffe. So ist unsere Arbeitsteilung. Ich hole den Staubsauger, denke, dass es hier ordentlich sein muss, wenn Samuel kommt, aber mit einer Hand ist das schwierig. Das Kind wedelt mit dem Schwanz, vermutlich will es mich aufmuntern, sein Schwanz peitscht hin und her wie ein sterbender Fisch in einem Sack, und was, wenn Samuel niemals käme? Dann wäre die Sklavenarbeit vertane Müh. Ich möchte dieses Kind von einem Tier näher beschreiben, aber ich sollte die Dinge in der richtigen Reihenfolge beschreiben, wenn ich kann, und die Menschen kommen vor den Tieren; wir Menschen befinden uns außerhalb der Nahrungskette, niemand isst uns, wohingegen wir die Tiere essen, und die Tiere einander, und wenn ich niedergeschlagen bin, hilft es, Schweinefleisch zu essen und mir das vor Augen zu führen.

Zwei Menschen befinden sich in der Wohnung, außer dem Kind und mir. Diese beiden Menschen sind nicht Ferdinand und Samuel. Sie sagen, ich solle so tun, als wären sie nicht da. Ich verstehe nicht, was das bedeuten soll. Ich dachte, ich sollte so tun, als wäre das Gegenteil der Fall. Sie sind zu zweit, wie oft kann ich das noch erwähnen, ohne mich selbst zu langweilen? Die Menschen ziehen ihre Schuhe aus und fühlen sich gleich wie zu Hause.

Tut euch keinen Zwang an, sage ich in einem Versuch, ironisch zu sein.

Sie folgen mir ins Wohnzimmer, fangen an, alles zu dokumentieren, was ich sage und tue, all meine Bewegungen, ich verstecke den Gipsarm hinter meinem Rücken, nehme mitten im Zimmer eine Exerzierhaltung ein. Die Menschen haben von der Mathematik-Konferenz erfahren, an der ich teilgenommen habe, sie sagen, sie wollten darüber schreiben, was für eine Schlaubergerin ich sei, aber ich glaube, eigentlich meinen sie Schurkin, das wollen sie dann in der Zeitung drucken, auch wenn es nicht stimmt.

Kümmer dich gar nicht um uns, mach einfach alles so, wie du es sowieso vorhattest, sagen sie. Sei ganz natürlich.

Eigentlich passt es mir gerade ganz schlecht, sage ich.

Aber es hilft nichts. Ich verstehe, dass ich verloren habe, es gibt keine andere Möglichkeit, damit fertig zu werden, als das Handtuch zu werfen. Die Frau, die der Kopf hinter dem Ganzen sein muss, macht es sich auf meinem guten Stuhl bequem, mit einem Aufnahmegerät, falls man das so nennt (dass der Mensch mittlerweile in der Lage ist, sich selbst auf diese Weise von außen zu hören, mir persönlich hätte das Echo einer

Felswand gereicht), und einem Notizblock, während der Mann fotografiert. Er nimmt einen Gegenstand vom Fensterbrett (ich möchte nicht sagen, welchen) und platziert ihn direkt vor seiner Kameralinse, während die Frau verschiedene Behauptungen über mich und mein Leben vorbringt, zu denen ich Stellung beziehen soll. Ob ich mir wie eine Versagerin vorkomme, wenn ich Rechenaufgaben nicht lösen kann? Ohne Zweifel. Allmählich gewöhne ich mich an die Situation, ja, es gefällt mir, wenn jemand zustimmend nickt und sich meine Überlegungen zu diesem und jenem notiert.

Die Mathematik war eine Rettungsaktion, von der ich gar nicht wusste, dass ich sie brauche, sage ich ziemlich laut, normalerweise beeindruckt dieser Satz die Leute, auch wenn ich seine Bedeutung nicht verstehe.

Ich muss die Frau knuffen, ihr mit meinem Gips einen Schlag versetzen, sobald ich für einen Moment das Gefühl habe, sie würde mir nicht zuhören.

Ich frage: Muss ich die besten Jahre meines Lebens wirklich dafür verschwenden, vor dem Abakus zu sitzen und zu verrotten? Ich stoße meine Verfolger erneut an, ehe ich listig lächle und antworte: Wenn man addiert, um dann zu subtrahieren, verliert man einen Teil des Lebens. Vielleicht realisiert man das Leben aber auch mehr, weil das Rechnen das Innere sichtbar macht, das innere Leben, weil ich meine eigenen Gedanken denken muss, während es im äußeren Leben in höherem Maße darum geht, die Umgebung widerzuspiegeln. (Wenn ich Rechnen sage, meine ich Schreiben, aber das weiß nur ich allein.)

All das behaupte ich, ohne es zu wagen, selbst daran zu glauben. Die Fremden pflichten mir bei, und das stimmt mich schwermütig.

Nach einem halben Tag sage ich, ich müsse zum Doktor. Möglicherweise leide ich unter einer Frauenkrankheit, murmle ich, in erster Linie zu mir selbst. Der Doktor möchte sichergehen, dass keine Kugeln dort wachsen, wo keine Kugeln wachsen sollen, er hat mir einen Brief nach dem anderen geschickt, als wäre er ein naher Verwandter auf der anderen Seite des Atlantiks, und schließlich führt kein Weg mehr daran vorbei. Die Verfolger schieben mich in ein Auto, sie haben Hundehaare auf den Sitzen verstreut, sicher ein Ablenkungsmanöver. Nur ein Besuch beim Tierarzt ist schlimmer als ein Besuch bei einem Doktor, der mit dem Weiblichen befasst ist, auch wenn es im Grunde auf dasselbe hinausläuft. Ich schlüpfe aus dem Auto, tue so, als könnte ich die Arztpraxis nicht finden, gehe schnell ein paar Kreise um mich selbst herum, bis ich meine Verfolger abgehängt habe. Sie sind verschwunden, als ich meine Unterhose ausziehe und dieses Auge entblöße, dem ich nie ins Auge sehen konnte.

Man sitzt auf einem Stuhl, so hoch wie der Thron des Königs, aber der muss immerhin nicht seine Hoden entblößen. Einmal habe ich den König im Fernsehen gesehen, wo er seinem Volk verkündet hat, dass er immer so nachdenklich wird, wenn er um den Weihnachtsbaum geht und singt, dass die Welt verloren ging und Christ geboren ward, und da habe ich gedacht, dass sich hinter all dem Wahnsinn doch eine Art Seele verbergen muss.

Außerdem fährt der König gern Ski, aber nicht um die Wette. Die professionellen Skiläufer haben von allen nutzlosen Kreaturen das Denken am wenigsten trainiert, und trotzdem sind sie die wichtigsten Kulturträger unseres Landes, sie haben sich in den Ruinen der Zwangsgedanken unseres Königs zurechtgefunden, und sie sind die Einzigen, die er grüßt, wenn er darin umherwandelt.

Doch zurück zu meinem Geschlechtsorgan. Ich liege da, die Beine in die Luft gestreckt, die Oberschenkel weit auseinandergespreizt, damit der Doktor einen Blick auf das Loch werfen kann. Ich fürchte, dass er dort drinnen meine Zukunft erblicken wird, dass er eigentlich eine Wahrsagerin ist, und dass es wehtun wird. Alles fügt sich zu einem größeren Ganzen zusammen, ehe es in tausend kleine Stücke zerbricht. Ich habe das Loch nie selbst observieren können, unmittelbar, und ich möchte keinen Spiegel benutzen, denn im Spiegel kann man alles Mögliche entdecken, plötzlich kommt die Vergangenheit zum Vorschein oder das magere Gesicht des siamesischen Zwillings, der dich mit vier blutunterlaufenen Augen anstarrt und mit der Zunge schnalzt. Wäre ich mutiger gewesen, hätte ich wohl einen kurzen Blick riskiert, aber diesen Gedanken wage ich sicher nur, weil ich von Natur aus feige bin.

Der Doktor blinzelt und sagt, hier sieht eigentlich alles paletti aus. Ich stelle mir vor, die Aussicht würde an ein Gemälde von Monet erinnern. Nicht, dass ich besonders begeistert von Monet wäre, eher im Gegenteil. Meine Auffassung von Munch wiederum ist, dass er in jungen Jahren interessant war, in den 1890ern, nicht zuletzt seine Zeichnungen; ich mag seine Illustrationen zu Baudelaires Gedichten. Damals war er ein Symbolist und dekadenter Europäer. Dann wurde er Norweger und malte schneebedeckte Berge, was ich schade finde. Berge hatten die Norweger vorher auch schon genug. Fast alle Albatrosarten leben auf der Südhalbkugel, und wenn sie aus Versehen den Äquator überqueren, schaffen sie es oft nicht wieder zurück, aber dafür kann Munch nichts. Tulla Larsen ging zu weit, als sie auf Munch schoss – wobei, sicher weiß ich es nicht, aber ich denke schon. Tulla hätte sich damit zufriedengeben können, eine von Munchs Zeichnungen zu zerreißen. Es sei denn, Edvard hätte einen Selbstmordversuch von Tulla verhindert. Monet wünschte sich, er wäre blind geboren worden und hätte dann allmählich die Sehkraft wiedererlangt, dann hätte er mit dem Malen anfangen können, ohne zu wissen, was er malte, und genau das muss passiert sein, als er den impressionistischen Sonnenaufgang zwischen meinen Beinen in Angriff nahm. Ich bin aber auch nicht blind für die beschämende Möglichkeit, dass sich dem Doktor ganz und gar kein imponierender Anblick bietet, und dass dieser Bereich, so gesehen, im Stil all des anderen gehalten ist, das man so vornehm als »Körper« bezeichnet, und mit dem ich so eng verbunden bin. Jetzt nähere ich mich erneut einem Beweis, dabei habe ich mir selbst geschworen, dass ich aufhören muss, irgendetwas zu beweisen, ich möchte ausschließlich auf meinen gesunden Menschenverstand vertrauen! Er sagt mir, dass ich nicht hier sein sollte, und ich rede nervös drauflos, von Munch und Monet und Tulla, aber der Doktor liest nur immer weiter meine Schamlippen. Es ist, als würde ich eine Dunkelheit absondern, die meine Umgebung in Nebel hüllt, und die Menschen dort draußen strecken die Arme aus und tasten sich mit Taschenlampen in der Hand voran, erhellenden Taschenlampen, und vielleicht glauben manche, was beleuchtet wird, würde selbst Licht absondern, und deshalb braucht man sich keine Sorgen zu machen, dass man die Leute verschreckt. Trotzdem bin ich besorgt.

Der Doktor steckt mir ungeniert einen langen Metallstab zwischen die Beine, der an ein Werkzeug erinnert, mit dem man Autos knackt. Jetzt bricht er mein Schmuckkästchen auf, denke ich, ohne dass es mich nennenswert stört; es stört mich so sehr, dass die Messskala nicht ausreichen würde. Nicht, dass es dort drinnen nichts Stehlenswertes gäbe, aber ich traue dem Doktor, habe immer schon Fremden vertraut, nur Kinderfängern nicht. Ich spüre, wie er sich auf der Jagd nach dem Juwel tiefer hinein gräbt, aber ich bin nicht schwanger, also sucht der Doktor wahrscheinlich nach der Befestigung meines Bauchnabels, ehe er sich zufrieden gibt. Ich tue so, als würde ich das Ganze mit einer übertriebenen Nüchternheit betrachten, wie abscheulich das doch ist, und ich verstehe nicht, warum mich eine so unsagbare Traurigkeit befällt. Immerhin weine ich nicht, denn das wäre nicht normal. Ich schaffe es nicht, meine Beine zu sammeln, obwohl ich nur das will, die Beine sammeln, sie unter den Arm nehmen und davonrennen.

Ich sehe den Bildschirm, der neben dem plattgedrückten Kopf des Doktors hängt, der Schirm zeigt ein körniges Schwarz-Weiß-Bild meines Inneren, und irgendetwas muss ich wohl denken, sonst würde ich mich gar nicht erst bemühen, die Augen offen zu halten; lieber hätte ich ein kleines Nickerchen gemacht, während die Tränen aus meinen Augenwinkeln kullern. (Nicht lachen.) Ich starre auf dieses Etwas, das gewissermaßen dafür sorgen soll, dass ich nach dem Tod weiterlebe. Meine Fortpflanzungsorgane. Dies ist mein künftiges Ich, denke ich. Es weckt keine Gefühle in mir, es sei denn, die Abwesenheit von Gefühlen wäre ein eigenes Gefühl, im Inneren ist es nur überwältigend schwarz, wie früher, wenn ich als Kind Lastwagen mit einem einsamen Fahrer in der Nacht verschwinden sah. Ich wünsche mir, etwas zu fühlen, und in Wahrheit fühle ich viel zu viel, die Gefühle verändern sich immerzu und so schnell, dass man keinen Status bestimmen kann, die Gefühle vor hundert Jahren waren etwas ganz anderes als die heutigen Gefühle. Ich stochere unbeholfen in all dem Schwarzen herum, und es ist, als würde ich mehr fühlen als alle Menschen zusammen, die vor mir und an anderen Orten gelebt haben, als würde ich riskieren, mein eigenes, hoffnungsfrohes Herz dort auf dem Bildschirm schlagen zu sehen, vor dem Anblick des Herzens habe ich Angst, von den Fortpflanzungsorganen ganz zu schweigen, und die habe ich immerhin schon gesehen. Eine Miniaturausgabe von mir selbst zu erschaffen, um jemanden zu haben, den ich in meinen Armen wiegen, dem ich ins Ohr lallen kann – und wenn mir auffällt, wie erschreckend dieses Wesen ist, werde ich es für eine Weile verstecken, damit ich allein sein kann, unglücklich, ohne zu wissen, was ich mir wünschen soll oder für wen, weil ich das Kind nicht sehen kann, das in der Plastiktüte liegt. Dann werde ich mir Hilfe wünschen, um das Kind wiederzufinden, und hoffen, dass das Kind, genau wie ich, immer zur falschen Zeit am falschen Ort ist. Es wird nichts helfen, ganz gleich, wie gern ich das Kind habe, werde ich wissen, dass ich mein Leben durch all das nur mit einer noch größeren Angst erfüllen werde als der Angst, selbst zu sterben, nämlich der Angst, dass dieses Geschöpf, das ich bin, ohne es je auch nur annähernd zu sein, sterben könnte. Es ist so seltsam, Gedanken wie diesen zu denken, den ich nicht denke, von dem ich nicht einmal weiß, ob ich ihn ernst meine, ich weiß nur, dass ich, wenn es ums Kinderkriegen geht, alles Mögliche denken kann, das mir eine Heidenangst einjagt, dabei wollte ich mich immer als jemanden sehen, der niemandem gleicht, ja, nicht einmal jemandem, der nicht einmal sich selbst gleicht!

Der Doktor macht die Sache nicht besser, er zeigt auf den Schirm, sodass man unmöglich weggucken kann. Gemeinsam sehen wir zu, wie sich eine Art zukünftige Empfängnis vor unseren Augen entfaltet, in dieser meiner inneren Bowlingbahn. Der Fötus wird auf Bahn vier empfangen, deshalb zieht es ihn beständig dorthin, mit Übelkeit im Herzen, wie einen Todeskandidaten auf dem Weg zur Pediküre. Der Fötus hat keine Freude am Bowlen, daran, den Finger in eine Kugel zu stecken, nur um ihn dann, so gut es geht, wieder zu befreien, aber dem Fötus bleibt keine andere Wahl. Auf dem Weg über das Parkett fährt er sich mit der Zunge über die Zähne, die neuen Zähne sind aus dem gleichen Material gemacht wie Kloschüsseln. Für die Zunge ist die Welt keine spannende Welt, so im Alltag, bis sich der Fötus plötzlich verbeißt und einen Strike raushaut.

Warum gebe ich an dieser Stelle nicht auf. Das ist nicht die Frage, die Frage ist, warum ich nicht schon viel früher aufgegeben habe. Und obwohl ich die Frage klar und deutlich gehört habe, merke ich, dass da noch mehr ist, das raus muss, dem Leben zuliebe, wenn ich näher darüber nachdenke. Die Empfängnis kann noch warten, es wird ein Fortsetzungsroman. Ich lasse auch den Vorhang für die Unterleibsvorstellung fallen, armselig, wie ich bin. Mit feuchten Augen und zitternder Unterlippe nicke ich dem Doktor zum Abschied zu, schenke ihm zwei Pistazien, die ich in der Tasche hatte, und eile anschließend mit Tränen in der Hand ins Tageslicht hinaus und nach Hause, um eine Form von Rache und Trost zu finden.

Hallo, sagt Samuel.

Hallo, sage ich und finde es schön, dass alles so einfach sein kann.

Dauert es noch lange, bis wir uns wiedersehen?, frage ich und mache alles kompliziert.

Ich kann nicht früher, antwortet Samuel.

Aber ich denke an dich, sage ich.

Ich denke auch an dich, sagt Samuel.

Dann erzählt er aus dem Blauen heraus von seiner

Cousine, die unbedingt mit ihm schlafen wollte, obwohl sie keine Verhütungsmittel hatten, sie wirkte fast ein bisschen verzweifelt.

Meine Cousine war auf charmante Weise naiv, sagt Samuel und redet mir ein Loch in den Kopf. Aber ist die geistige Lust, wenn es um die Liebe geht, nicht etwas anderes als die fleischliche, habe ich mich gefragt. Und war mir die geistige Lust nur deshalb, weil sie meine Cousine war, am wichtigsten? Vom Austausch guter Ideen bekommt man keine deformierten Kinder. Wir standen hinter einem Busch, und meine Cousine wollte mich küssen, mir die Hand auf den Nacken legen, und da bin ich geflüchtet.

Hast du deshalb viele Jahre später über einen Mann geschrieben, der von Frauen vergewaltigt wird?, frage ich.

Nein, antwortet Samuel.

Oh, nein, sage ich und bereue meine Frage. Als kleines Mädchen habe ich meinen Onkel einmal gefragt, ob er tatsächlich mit seiner Frau unglücklich sei, und auch das habe ich bereut. Sein ruhiges, entschlossenes Gesicht legte sich in Falten, als hätte er körperliche Schmerzen.

Fragst du dich, warum ich so gut in Mathe bin?, sage ich zu Samuel.

Doch, schon, antwortet er.

Wegen meines Onkels, sage ich. Er konnte tagelang reglos auf seinem Diwan sitzen, so faul war er, ein Bein untergeschlagen und das linke Auge geschlossen, das schwächer war als das rechte, während er seine Bücher las. Es war Onkel, der mir alles über die Welt beigebracht hat, und über die Mathematik, obwohl er nie Mathematik studiert hatte. Meinen Lehrern fehlte die Inspiration, meine Eltern verspürten keine Zuneigung zu mir, und meine Schwester hatte nicht die Gabe, irgendeine intellektuelle Anregung zu geben. Onkel fand es einfach nur lustig, vor seiner kleinen Nichte laut nachzudenken. Über die Quadratur des Kreises, über eine Asymptote, die sich einer anderen Funktion nähert, ohne je mit ihr zusammenzufallen, all das, von dem ich natürlich nicht viel verstand, aber irgendetwas bewirkte es mit meinem Gehirn und öffnete so die Welt zu einer geheimnisvollen und erhabenen Wissenschaft, einer Welt, die den Onkellosen verschlossen bleibt. Es gibt vieles, das nicht wahr ist, aber die Mathematik ist wahr, es stimmt nur nicht, dass ich Zigeunerin bin, das habe ich immer nur gesagt, um meine dunkle Haut zu erklären.

Du hast gelogen?, fragt Samuel.

Vielleicht fließt auch ein Tropfen Zigeunerblut in meinen Adern, antworte ich. Vielleicht ist es nicht ganz unwahr.

Onkels Frau hatte ihn zur Heirat überlistet, Onkel war damals so jung und unschuldig, aber das erzähle ich Samuel nicht. Sie schlug Onkel mit einem Pantoffel, und als er die Hunde nicht in den Griff bekam, schlug seine Frau auch die Hunde mit dem Pantoffel. Eines Tages, als niemand anderes zu Hause war, schlichen sich zwei der Hunde ins Schlafzimmer und töteten die Frau in ihrem eigenen Bett. Das hatte ich gerüchteweise gehört, und als ich Onkels Blick sah und wie sich sein Gesicht in Falten legte, verstand ich, dass die Gerüchte stimmten. Onkel war mit seiner Frau nicht glücklich gewesen.

Ich breche das Telefongespräch ab, gehe wieder in die Wohnung, um einer quälenden Unruhe Raum zu geben. Ich überlege, ob Onkel, der so klug war, vielleicht schon vorher gewusst hatte, wie tragisch es enden würde. Natürlich wusste er es, man weiß immer, wie tragisch es endet, und trotzdem macht man stur weiter. Aber meine Unruhe gilt etwas anderem, sie gilt meinem Kind, ja, denn ich nenne es mein Eigen, ohne zu wissen, ob ich dazu berechtigt bin. Immer wenn ich es tätschle, denke ich an mich, und das fasse ich als Zeichen auf. So, wie ich meine verschlissene Lunge beobachte, beobachtet das Kind mich, als wohnte ich bei ihm zur Untermiete. Das Kind scheint auch zu glauben, es wäre ein echtes Kind. Es macht mir alles nach; wenn ich prahle, prahlt auch das Kind, wenn ich Kniebeugen mache, tut das Kind es mir gleich, und dieses Possenspiel fällt unter die Kategorie Mobbing.

Ich bemühe mich, alles von der Steuer abzusetzen, und das ist der einzige Grund, warum ich das Kind ab und zu auf einen Kaffee einlade. Ich stelle eine kleine Porzellantasse auf den Wohnzimmertisch und sage, Riechen kostet sechs Kronen und Probieren vierzehn, denn ich muss Geld verdienen, damit ich in Irland anrufen kann. Weil das Kind noch minderjährig ist, bleibe ich jedoch auf den Kosten dieses Kaffeekränzchens sitzen, aber ich kann die Quittungen beim Fiskus einreichen.

Ich habe keine Wanduhr, die im Takt meiner Lunge tickt, aber ab und zu beginnt mein Kühlschrank zu ticken, für einige Sekunden voller Geborgenheit; ich sollte mir eine Wanduhr zulegen. Die Uhr muss einen Sekundenzeiger haben, einen Zeiger, der jede Sekunde innehält und sich umsieht, Bilanz zieht, abschätzt, ob es sich lohnt fortzufahren, ehe er fortfährt. Bis er für immer stoppt. Am Kühlschrank hängen Grüße von meinen Schülern, ein zerknitterter Zettel: Es kann nur besser werden! Aber genug von meinen Schülern, ich will nicht sentimental werden.

Zusätzlich zur Wanduhr wünsche ich mir auch einen Raum im Raum, sich etwas zu wünschen kostet so wenig, und mit einem Badezimmer mitten im Wohnzimmer könnte das Kind im Kreis um mich herumkrabbeln, wenn ich in der Badewanne liege. Ich kann mich in den Wellen tummeln, ohne von Hintergedanken getrieben zu werden, und es mir auf dem Boden bequem machen. Wenn ich die Lippen an die Oberfläche strecke, kann ich wie durch ein Wunder fließend Englisch sprechen.

Es klingelt unten in der Telefonzelle, aber ich glaube nicht, dass es Samuel ist, der hält sich zurzeit bedeckt. Wir haben uns gestritten, ich habe vergessen, dass ich nicht die Einzige in alledem bin, die verletzlich ist. Also glaube ich, der Doktor riefe an, um mir zu sagen, dass er eine brauchbare Lunge für mich hat. Sofort werde ich ungeheuer glücklich und ängstlich, aber sicher nicht so glücklich und ängstlich wie der Doktor. Aber es ist nicht der Lungenarzt, sondern Rektor von der Schule. Er bittet um ein Treffen im nächstgelegenen Café, will mit mir Kuchen essen und reden. Ich sage, dass ich keinen Kuchen mag, aber Rektor erwidert, ich solle trotzdem kommen. Vielleicht hat er bemerkt, wie mein beklagenswerter Atem das Raumklima an der Schule beeinträchtigt. Ich überlege, ob man mich kreuzigen wird, auch wenn ich streng genommen nichts falsch gemacht habe. Ich bin pflichtbewusst bis in die Fingerspitzen, von einem Pflichtgefühl durchdrungen, das keine Grenzen kennt. Das, was ich als Signale meiner Umgebung auffasse, lässt mich gewisse Erwartungen an mich spüren, was ich unternehmen soll und was nicht, deshalb ist es fast unmöglich für mich, etwas anderes zu tun. Ich glaube, dieses Pflichtgefühl ist weder angeboren noch anerzogen, sondern eine Krankheit, die ich mir selbst eingefangen habe, ich habe sie mir sozusagen in den Kalender geschrieben. Vermutlich trete ich auch deshalb zu diesem Treffen an.

Rektor sitzt am Cafétisch, sein Angesicht hat ganz und gar nichts Strahlendes. Ich sehe, wie sein Ziegenbart jedes Mal in die Kaffeetasse eintaucht, wenn er sie hebt, um einen Schluck zu trinken. Er mustert mich eingehend, während ich durch den Raum schlurfe, meinen Gipsarm habe ich in der Tasche versteckt. Das alles macht mich müde, und ich durchwate die Müdigkeit wie Wasser.

Hallo Beelzebub, flüstere ich so leise, dass es niemand hören kann.

Du weißt genau, dass mein Name Jan Pluss ist, sagt er. Er redet nicht, er quakt.

So kann man nicht heißen, murmle ich.

Setz dich, sagt er und sieht aus, als versuche er zu denken. Stimmt etwas mit deinem Bauch nicht?, fährt er dann fort.

Mit meinem Bauch ist alles in Ordnung, antworte ich.

Dafür ist mit seinem Gesicht etwas nicht in Ordnung, irgendwie hat es einen Knick in der Mitte.

Doch, sagt er. Ein so ernster Fall ist mir noch nie untergekommen.

Fall von was?, frage ich.

Braten in der Röhre?, sagt er.

Dann verstummt Rektor, isst ein Stück Kuchen. Liegt es an mir, dass mir immer solche Sachen passieren? Möglich ist das, möglicherweise bin ich eine Art Verliererin. Dabei ist der Fall nur, dass ich etwas rundlicher geworden bin, weil ich solange still gesessen habe.

Warst du sexuell aktiv?, fragt er.

Warst *du* sexuell aktiv?, frage ich.

Sei nicht so spöttisch, sagt er. Ich überlege nur, warum du krankgeschrieben bist.

Und was bringt dir das?, frage ich.

Wie meinst du das?, fragt er. Ich mache mir ernsthaft Sorgen um deine Gesundheit. Ich bin ein guter Mensch.

Sei nicht so albern, sage ich. (Du bist ein Sadist, denke ich.)

Ich habe einen Beweis dafür, dass du in der Tinte sitzt, sagt er.

Aha, sage ich.

Und weißt du, welchen?, fragt er.

Nein. Sag es mir, sage ich. Sag es schnell.

Aber dann bilde ich mir ein, er könnte mit dem Gynäkologen gesprochen haben, der ihm erzählt hat, dass ich mich erst obenherum frei gemacht habe statt untenherum.

Ach nein, sage ich. Sag es lieber nicht.

Da lächelt Rektor mich an.

Deine Schüler versuchen zu sterben!, sage ich, ehe ich aufstehe und ihm mit der geballten Faust in der Tasche drohe.

Anschließend renne ich davon. Feinde zu haben, tut gut, so hält man sich jung und widerspenstig. In Wahrheit habe ich mich vorsichtig weggeschlichen. Ich bin den ganzen Weg zurück in meine Wohnung geschlichen, wo meine Freunde sind.

Ich räume den guten Stuhl vom einen Ende des Wohnzimmers zum anderen. Als ich den Blick von meinen Kritzeleien hebe, sehe ich direkt zur Wand, wo drei Fotografien hängen. Die Fotografierten haben Schatten, heute vermissen die Menschen die Zeit, als die Leute auf den Fotografien noch Schatten hatten, wir sollten zu den Schatten auf Höhlenwänden zurückkehren, wir sollten sie nie verlassen, wir sollten nicht bleiben. Der Sauertopf auf dem einen Bild, Ferdinand, starrt zu Boden, aber ich merke, dass er an mich denkt. Sie wollen mir etwas, diese Männer. Sie wollen, dass ich schreibe, der Erwartungsdruck ist geradezu unerträglich. Aber ich weiß nicht, ob die Gedanken, die in der Wohnung umherflitzen, meine eigenen sind, oder ob sie den Männern an der Wand gehören, ob es ein Tauschhandel ist.

Immerhin schreibe ich jetzt mit einem weicheren Bleistift, das macht alles einfacher. In der linken Hand habe ich nicht so viel Kraft wie in der rechten, wie können zwei Geschwister nur so unterschiedlich werden, das gibt mir Rätsel auf. Als hätten sie keinerlei Beziehung zueinander, als wüssten sie nicht, dass sie untrennbar miteinander verbunden sind, durch den Körper, bis dass der Tod sie scheidet, so wie ich und die weisen Männer an der Wand. Hätte der Tod uns nur scheiden können.

Ich erzähle dem Kind, was ich im Radio gehört habe; dass ein Mensch ohne Körperkontakt stirbt – das war eine Ohrfeige. Das Kind starrt mich an, doch es hat keine Mimik, und mit einem Mal wirkt der Gedanke an Körperkontakt nur noch beunruhigend. Jetzt wiederhole ich mich möglicherweise, vermutlich tue ich das. Ich wiederhole unwesentliche Dinge, während wesentliche Dinge ungeschrieben bleiben. Man schafft es nie, alles zu sagen.

Ich stehe auf und gehe zum Fenster. Es ist, als würden sich dadurch, dass ich hinaussehen kann, alle Geräusche verstärken. Wo die Geräusche herkommen, kann ich nicht sehen, weil ich die Augen geschlossen habe, aber raten kann ich. Ein Auto. Eine Straßenbahn. Es hat geregnet, ich kann das Geräusch der Autoreifen hören, das Schmatzen des Gummis auf dem nassen Asphalt. Davon ist der andere Stinkstiefel an meiner Wand fasziniert. Samuel. Der Name meines dritten Gesprächspartners wird erst im nächsten Band bekannt gegeben. Denn ein Gespräch ist es. Dies.

Samuel und Ferdinand lassen sich als »mein« definieren. Aber das Kind gehört niemandem, und dass es ein Kind wäre, ist eine Behauptung, die ich eigentlich nicht vertreten kann. Ich habe schon oft überlegt, ob ich lobotomiert worden bin, weil es um mein Oberstübchen so schlecht bestellt ist. Als Einzige zu verstehen, was in einem selbst passiert und gleichzeitig nicht sehen zu können, ob auch nur irgendetwas passiert, ohne sich darüber im Klaren zu sein – das sind Eigentümlichkeiten, die man nur selten in ein und derselben Spezies vereint findet. Meine Gedanken werden mich am Ende ins Grab bringen, nachdem ich mein Leben lang erfolgreich gegen sie angekämpft habe. Sie veranstalten dort oben einen Höllenlärm, doch ich erschrecke mich mehr, wenn sie verstummen. Manchmal könnte man den Eindruck gewinnen, die Erde wäre unbewohnt.

Die Geräusche der Erde erreichen mich hier nicht, der Wind, das Meer, ja, das Meer kann ich nicht einmal sehen, oder die Erdkugel hören, die in ihrer Umlaufbahn knirscht. Schnee erinnert mich an Ferdinands Stimme, aber es hat schon lange nicht mehr geschneit. Würde ich singen, könnte ich mich selbst hören. Aber ich singe nicht. Wenn ich singe, fühle ich mich zwiegespalten, als würde ein Teil von mir singen und der andere zuhören, und der zuhörende Teil erlebt das Ganze als äußerst unangenehm. Wie ich diejenigen beneide, die ihren eigenen Gesang genießen können. Ich glaube, ich beneide sie gar nicht.

Wann hast du gewusst, dass du schreiben wolltest?, frage ich versöhnlich, ich möchte nicht mehr mit Samuel zerstritten sein.

Ein Hund war auf dem Schulhof los, erzählt Samuel, und die Schüler mussten drinnen bleiben, weil man wusste, dass der Hund Menschen anfiel, aber ich wollte meinen Zug erreichen, also lief ich trotzdem hinaus, und da traf ich den Polizeiwachtmeister. Ich folgte ihm, kam nicht auf die Idee, dass der Polizist dem Hund etwas zuleide tun könnte. Doch er fing ohne Vorwarnung an, die Bilder des sterbenden Hundes in meine Seele zu prügeln, Bilder, die nie wieder verschwinden werden. Von da an interessierte ich mich für Worte, Worte, die nicht logisch aufeinander folgten, Geschichten, die nicht so aufgebaut waren, wie man es erwarten würde; interessierte mich dafür, dass alles anders kommt, als man denkt. »Die Geschichte vom Hund, der von einem Polizisten erschlagen wurde: Ein Polizist, der einen Hund erschlagen würde, hat nie existiert.« Ich begann zu schreiben, als könnte die Sprache die Wirklichkeit verändern. Ich schätzte die Gesellschaft anderer Menschen nicht mehr so wie zuvor. Die Welt sah anders aus. Ich wachte mitten in der Nacht auf, falls ich überhaupt geschlafen hatte, weil das Herz wie wild schlug. Ich erwachte vom Geräusch der Schläge auf den Hundekörper. Ich schrieb SCHMERZ SCHMERZ SCHMERZ auf einen Zettel und befestigte ihn an einer Wand, wo jeder ihn sehen konnte.

Und du?, fragt Samuel.

Ich hätte gern gesagt, dass es gestern war, um ehrlich zu sein, weiß ich gar nicht, ob ich überhaupt schon angefangen habe, aber den Moment weit in die Vergangenheit zu verlegen, beruhigt mich.

Ich wuchs auf dem Land auf, es war so kalt dort. Vor dem Haus lagen große Steine, ich glaubte, Riesen hätten sie dort platziert. Draußen bedeckte die Stille alles, als wären alle und jeder gestorben, und der Schnee war tief und die Bären groß, deshalb durfte ich fast nur im Haus umherrennen. Leute kamen zu Besuch, nannten mich einen Wildfang. Ich lief durchs Haus, spielte mit einem Ball, tat, als wäre ich im Ausland, als wäre jeder Raum ein Land, Russland, Finnland und Schweden, und dachte mir Gedichte aus, während ich mit dem Ball spielte. Ich erinnere mich an einen besonders schönen Tag, der schönste von allen, ich war in den Wald getürmt. Die Sonnenstrahlen waren bleich und dünn, ich fühlte mich von schnaubenden Tieren und dampfenden Schneeflocken umfangen und wurde von der Gewissheit beseelt, dass auch ich Teil dieser Erde bin. Und dennoch, als ich nach Hause kam, war ich betrübt. Ich wälzte mich im Bett hin und her und konnte nicht schlafen. Dieser Gedanke, dass niemand wusste, dass meine Augen ihre Farbe zwischen grün und blau wechselten.

Sowie ich das Kind ansehe, sieht es zu mir zurück, als würde es in ein bodenloses Loch starren, wodurch ich mich noch mehr am Boden fühle als ohnehin schon. Also sehe ich weg. Ich bin die Besitzerin des Kindes, ich besitze es, aber darum habe ich nie gebeten! Abgesehen davon, dass ich das Albatrosei bestellt habe. Es ist in Ordnung, dass das Kind hier wohnt, ja, ich fühle mich sogar geschmeichelt von all der Freude, die es zeigt, wenn ich mich morgens aus dem Bett schleiche, und ich kann dem Kind Essen geben und mit ihm hinausgehen, damit es Gleichgesinnte trifft, sie haben Spaß daran, sich um die Mülltonnen zu jagen, aber ich will das Kind nicht besitzen. Ich begreife nicht, was das bedeutet, weder jetzt noch in der Zukunft. Trotzdem ist es so gekommen. Ich habe einen Vertrag unterschrieben, ohne ihn vorher zu lesen, ich wollte lieber dumm als kompliziert wirken, *sapere aude,* sagte ich zu mir selbst, als ich den Stift auf das Papier setzte, aber ich kann mir auf keinen Fall zugehört haben. Besitztum ist eine ernste Sache, und so sehr es mich auch erfreut, wenn das Kind stumm damit droht, das Jugendamt zu alarmieren, als würde es mich wirklich ernst nehmen und Forderungen an mich als Elternteil stellen, wäre es das Schlimmste für mich, das Kind wegzugeben, das könnte ich nicht bewältigen. Nein, den Gedanken, dass ich das Kind lieber doch nicht bei mir hätte, wage ich nicht zu denken.

Dass ich ein Lump bin, geht aus folgender Anekdote hervor: Ich nahm den Zug, der mich von der Hütte nach Hause brachte, und übergab mich ohne Unterlass, was an den Kurven lag. Dann lief ich durch die regennassen Straßen der Stadt, der Regen ergoss sich wie aus Kübeln über mich, und der Gedanke, mein Gips könnte schlaff werden wie eine Socke, quälte mich mehr als der Gedanke, das Kind könnte in der Plastiktüte nass werden. In meiner Wohnung angekommen, entdeckte ich, dass ich die Tüte im Zug liegengelassen hatte. Man sollte niemals aufgeben. Ende der Anekdote.

Ich glaube, wir müssen über das Ende reden, sage ich, aber ich weiß nicht, warum ich das sage.

Warum müssen wir über das Ende reden?, fragt Samuel.

Du hättest nicht du-weißt-schon-was zu mir sagen sollen, antworte ich, als hätte ich bereits aufgegeben.

Ich liebe dich, sagt Samuel.

Du hättest es nicht sagen sollen, wenn du es nicht ernst meinst, sage ich.

Du weißt, dass ich es ernst meine, sagt Samuel. Es gibt nur dich. Es gab nie eine andere als dich. Das wusste ich sofort, ich wusste es, als ich dich zum ersten Mal sah. Als ich auf einem Stuhl saß, und du auf der Bühne standest und eine merkwürdige Sprache sprachst, die Englisch darstellen sollte.

Aber da wusste ich nicht einmal, dass es dich gibt, sagte ich. Es war nicht gerecht, dass du dich einfach so in mein Leben geschlichen hast.

Du warst doch diejenige, die am nächsten Morgen zu mir kam, sagt Samuel. Beim Frühstück im Hotel, am nächsten Tag.

Aber es wäre für uns beide nie mehr daraus geworden als jener Morgen, wenn du dich nicht weiter in mein Leben geschlichen hättest.

Das ist der einzige Ort, wo ich sein kann, sagt Samuel.

Du hättest doch in deinem eigenen Leben bleiben können, erwidere ich.

Erst bei dir habe ich zu meinem eigenen Leben zurückgefunden, sagt er. Du hast mich gefragt, was ich will, was ich mir wünsche.

Danach habe ich dich nie gefragt, sage ich.

Du brauchst nicht zu fragen, sagt Samuel. Mit dir zusammen kann ich mir nichts vorlügen.

Aber was hast du davon?, frage ich. Außer Unglück?

Ich möchte lieber mit dir zusammen unglücklich sein, antwortet Samuel, als mit einer anderen glücklich.

Aber du machst mich auch unglücklich, sage ich.

Du bist immer unglücklich, sagt Samuel.

Nein.

Du könntest den Schmerz niemals entbehren.

Unabhängig davon, ob das stimmt oder nicht, sage ich, darfst du so etwas niemals sagen. Diese Macht darfst du nicht über mich haben.

Du weißt, dass ich dich liebe, sagt Samuel.

Du hast mich dazu gebracht, du-weißt-schon-was zurückzusagen.

Ich werde dich immer lieben, sagt Samuel, mehr als meinen letzten Morgen.

Wenn Menschen anfangen, sich etwas vorzustellen, wird es geschehen! Das Problem ist all das, was sie sich nicht vorstellen können.

Mit der linken Hand schreibe ich so langsam, dass ich das Wort vergesse, was ich schreiben wollte, und wenn ich fertig bin, steht dort ein anderes Wort. Außerdem brennt es neuerdings immer, wenn ich pinkle; ich habe versucht, es vor dem Kind geheim zu halten, aber ich kann mich nicht beherrschen und wimmere, sobald der Strahl auf das Porzellan trifft. Als hätte Rektors Lächeln auf meine Harnwege übergegriffen, sie infiziert; das

Grübeln, was dieses Lächeln bedeuten könnte, hat sich nicht aus den Gedanken verflüchtigt, und jetzt ist es an beiden Orten gleichzeitig, im Kopf und im Unterleib. Unterleib ist, wie alles andere, ein relativer Begriff. Der Gedanke an Rektor lässt mich nicht mehr los, weder im wachen Zustand, noch, wenn ich am Nachmittag ein Nickerchen mache, mir ist klar, dass ich es mit einem ganz besonderen Fall zu tun habe. Warum hat Rektor mir indirekt nahegelegt, ich solle nicht in die Schule zurückkehren? Sind die Schüler womöglich gefährlich? Ich kann sie nicht mehr vor mir sehen, die Gesichter, die Haare, nicht mal an ihre Namen erinnere ich mich.

So naiv ich auch sein mag, bin ich doch zugleich ein versierter Angsthase, und diese negative Eigenschaft schätze ich von allen am meisten, ich glaube, ich würde schon sechs Fuß tiefer liegen, wenn ich nicht diese missratenen Nerven hätte. Zum ersten Mal, seit ich mir das Handgelenk gebrochen habe, beschließe ich, die Schule zu besuchen. Ich bin lange weg gewesen, habe keine Ahnung, was mich erwarten wird, wenn ich zurückkomme. Meine Unruhe treibt mich geradezu in die Höhle des Löwen, als wäre es schlimmer, auf der Flucht vom Löwen beobachtet zu werden, als tiefer hineinzukriechen und mich auffressen zu lassen, es hinter mich zu bringen.

Unterwegs schaue ich beim Doktor vorbei, als ob das helfen würde. Ich deute auf meinen brennenden Unterleib, ich habe viel an meinen Unterleib gedacht, seit der Doktor neulich einen Blick darauf geworfen hat. Stattdessen sieht der Doktor meinen Arm, der auf meinen Unterleib zeigt, und sagt, es sei an der Zeit, diesen unansehnlichen Gips endlich loszuwerden. Eine widerwärtige Angelegenheit. Der Arm ist dünn und bleich, und das Handgelenk bildet einen unnatürlichen Winkel. Das Gefühl von Freiheit, auf das ich mich so gefreut hatte, will sich nicht einstellen, stattdessen wünsche ich mir den Gips zurück! Das soll einer verstehen. Ich habe meinem Skelett wohl immer noch nicht verziehen, dass es mich im Stich gelassen und sich zweigeteilt hat. Der Doktor sagt, das Handgelenk werde nie wieder so werden wie vor dem Unfall. Welch eine Enttäuschung, das zu hören. Und ich hatte mir wochenlang eingeredet, dass alles viel besser würde! Dass sich um den Bruch herum Knorpel bilden würden, die meine Hand stärker denn je machen würden! Dass ich anschließend jeden, ja, selbst den stärksten Mann der Welt, beim Armdrücken schlagen könnte!

Der Doktor will nichts mit der Urinprobe zu tun haben, die ich mitgebracht habe. Zusammengekrümmt habe ich dagesessen und ein paar Tropfen herausgepresst, wie leicht wird der Mensch doch zu einem würdelosen Geschöpf. Ich habe in eine Flasche gepinkelt, eine Pfandflasche, aber dieses Pfand kann ich jetzt wohl in der Pfeife rauchen. Zuerst habe ich in einen Messbecher gepinkelt, um die Menge einschätzen zu können, obwohl ich keine Ahnung hatte, wie viel man von mir erwartete, und weil die Öffnung der Flasche so klein war, dass es halsbrecherisch gewesen wäre, direkt hineinzupinkeln. Aber ich konnte schlecht mit dem Messbecher, der keinen Deckel hat, zum Doktor gehen. Die Menge, die beim ersten Versuch kam, war kein Grund zum Stolz, farblich dafür aber umso beeindruckender. Sie hatte eine knallgelbe Farbe, wie man sie in den Nationalflaggen mancher Länder findet. Trotzdem hatte ich das Gefühl, das wäre noch nicht gut genug, weshalb ich eine Menge Wasser hinunterstürzte, fünf volle Kaffeetassen, ehe mir die Geschichte von dem Mann einfiel, der bei einem Festmahl des Königs starb, weil ihm die Blase platzte. Das Ende des Lieds ist, dass ich eine halbvolle Flasche mit einer Flüssigkeit habe, die man leicht mit einem festlichen Getränk verwechseln konnte, und da ich gezwungen bin, sie in einer Mülltonne zu entsorgen, nachdem der Doktor sich nicht damit befassen wollte, endet sie möglicherweise auch als ein solches. Ein armer Teufel, der von den Krümeln lebt, die von den Tischen der Reichen abfallen, wird einen Toast auf diesen großartigen Fund aussprechen und den Inhalt anschließend in einem Zug leeren. Aber über diesen Gedanken kann ich mich nicht lange amüsieren, zu sehr bin ich damit beschäftigt, mich im Sumpf meiner Sorgen zu wälzen. Ich habe schon immer befürchtet, der Tod sei nur eine Frage der Zeit, ergo sind diese Grübeleien keine Ausnahmegedanken, die Unruhe kein Ausnahmegefühl, ihre Intensität aber war nie stärker. Ich habe immer geglaubt, der Tod würde sich anschleichen, während ich in der Transplantationsschlange warte, aber warum sollte er nicht plötzlich kommen?

Der Zug hält an mehreren Bahnhöfen, die alle gleich leer sind, aber das bringt mich nicht auf die Idee, dass ich hier, genau hier, einfach aussteigen könnte! Ich könnte vom Zug springen und dem Tod auf die Weise ein Schnippchen schlagen! Und trotzdem steige ich nicht aus.

Als ich in der Schule ankomme, sage ich mir, dass ich die Schüler noch nicht treffen kann, weil ich erst Arbeit zu erledigen habe. Welche Arbeit kann ein zum Tode Verurteilter ausführen? Schreibarbeit. Ich schäme mich nicht, diesen Unglücksraben, der ich bin, direkt in die Hölle zu schicken mit der Bemerkung: Dann siehst du, wozu du gut bist. Wie die Natur, die im Herbst eine letzte Kraftanstrengung unternimmt, um aufzuflammen und zu glühen, ehe sie geplündert und entblößt wird und auf den Schnee wartet, der sie einhüllen und vor der Kälte und Dunkelheit beschützen wird. Ich schließe mich in meinen Verschlag ein, dem leeren Klassenzimmer, und mache es mir am Fenster bequem. Welch Ironie! Hier werde ich sitzen, mit Aussicht auf die Natur in ihrer ganzen Pracht, direkt vor dem Fenster, ich werde sie mir selbst mit den schönsten Adjektiven und Metaphern beschreiben, und gleichzeitig muss ich beklommen damit rechnen, dass die Schüler jeden Moment durch eben jenes Fenster hereinspringen können. Ich erblicke Rektor, wie er Runde für Runde über den Schulhof fährt, es sieht aus, als wüsste er nicht, wie man die Scheibenwischer ausstellt. Es erklärt sich von selbst, dass ich in diesen Stunden nichts Vernünftiges zustande bringe. Das Zimmer ist voller kleiner Spinnen, unbekümmert und unverschämt fröhlich und leichtfüßig krabbeln sie über meine Finger und die wenigen Buchstaben, die ich zustande und zu Papier bringe. Ich schreibe einen Brief an Samuel, erkläre ihm, wie schwer lungenkrank ich bin, drauf und dran, unter die Erde zu kriechen, aber dann bin ich mehr und mehr davon überzeugt, dies werde dazu führen, dass ich mit meinen Vermutungen recht bekomme, noch mehr recht, als wenn ich es nicht schriebe, manchmal scheine ich mich in einem schwindelerregenden Karussell aus Gedanken zu verheddern, aus denen man unmöglich einen guten Ausweg finden kann.

Klopf, klopf. Das Geräusch lässt meine Schüler zusammenfahren. Langsam stehe ich auf, gehe zur Tür und öffne sie einen Spalt breit. Aber die Schüler starten keinen Angriff, weder auf meinen Charakter noch auf meine Lunge.

Willkommen zurück, sagen sie, umarmen mich und flehen mich mit ihren Blicken an, sie zu lieben.

Ich bin nur voller Wahnvorstellungen gewesen, in meinem Irrglauben habe ich mir grundlos Zwangsgedanken im Unterleib zugezogen, mir Humbug über den Kopf gezogen wie eine Zwergenmütze, die sich immer fester um das Hirn schließt und es zu zermalmen droht. Ich habe mir die Ohren mit Unsinn vollgeheult, reiner Dusel, dass ich mich nicht selbst angezündet habe, in der Überzeugung, dass ich mir damit einen Gefallen tun und den Schülern zuvorkommen würde! So kann es gehen. Aber es geht nun mal nicht so.

Wenn Samuel und K.

Ferdinand und ich gingen durch die Straßen Dublins und übten den Vortrag, den ich an jenem Abend halten sollte, denn es war so ungewohnt für mich, über Mathematik zu sprechen und dann auch noch auf Englisch, doch Ferdinand unterbrach mich, als wäre er ungeduldig, und begann von der irischen Königin Maeve (Meiv ausgesprochen) zu erzählen. Maeve muss der schönste Name sein, den ich je gehört habe, das ist er zwar sicher nicht, aber der Geschichte wegen muss ich so tun als ob. Ferdinand erzählte, Königin Maeve sei noch unbeliebter gewesen als die Beulenpest, auf geradezu unheimliche Weise scharfsinnig und stark, und deshalb habe man sie so weit außerhalb des Dorfes begraben wie möglich.

Was bedeutet »Maeve«?, fragte ich, aber ich hätte lieber fragen sollen, warum Maeve stehend begraben wurde. (Vermutlich hätte sich, zusammen mit ihren Käsefüßen, auch ihr Habitus gelegt.)

Ferdinand wusste offensichtlich keine Antwort auf

meine Frage, denn er griff sich an die zerknitterte Stirn und sagte: Liebe Vene …

Liebe Vene?, fragte ich, immer für einen guten Scherz zu haben, lachte ich so sehr, dass ich mir den Bauch halten musste.

Ferdinand lachte nicht.

Ein Tag ohne guten Scherz ist für mich wie ein …, fuhr ich fort.

Ferdinand hob die Hand, um den Rest des Satzes abzuwehren. Vermutlich dachte er, ich würde so etwas sagen wie: … eine Geburt ohne Mutterkuchen, obwohl Plazenta ein angenehmeres Wort ist. Dabei wollte ich ihm nur sagen, was Maeve bedeutet. Die Berauschende.

Dann hörte der Regen auf, und es sollte unmerklich wärmer werden.

Wir waren von Frankreich hergeflogen, und man kann über Inseln sagen, was man will, viele könnten sicher auch mit irgendeiner Binsenweisheit über diese Insel aufwarten, einem flotten Spruch über die Kartoffel, Ehre gebühre dem Land, dessen Bewohner weltberühmt wurden, weil sie ihr Gemüse nicht essen wollten, so was hätte irgendeinem Miesepeter einfallen können, und ich hätte geweint und gesagt, ein bisschen weinen sei gesund, oder er hätte es gesagt, und ich hätte gesagt, genau das sei so besonders am Homo sapiens, das sei mir aufgefallen, Fische zum Beispiel würden nicht weinen, und dazu bestehe auch gar kein Anlass. Aber ich kann nichts Schlechtes über Irland sagen, im Gegenteil, ich bekam eine gute Note für meinen Aufsatz über die Große Hungersnot, ich war selbst ständig ausgehungert, das war die Schuld meiner Mutter, und schon seit damals denke ich, dass ein spezielles Band zwischen mir und der Insel besteht.

Der Abend kam, und Ferdinand saß in dem vornehmen Saal im Publikum und wartete darauf, dass ich die große Bühne betrat. Ich musste meine hochhackigen Schuhe ausziehen, während ich dort stand und ins Mikrophon sprach, denn meine Beine zitterten so sehr, als hätten sie kein inneres Stativ, und außerdem fand ich diese Aktion auch ganz charmant. Es sollten die zehn längsten Minuten meines Lebens werden. Ich trug das Mathematikbuch wie ein verwaistes Kind in den Armen, des Buches wegen war ich auf diese Konferenz eingeladen worden, die Professoren waren verblüfft von meinem Beweis, dass man aufwärts fallen kann, auf den ich zufällig gekommen war. Ich kann nicht glauben, dass ich ein so gutes Buch geschrieben habe!, hatte ich zu Ferdinand gesagt, als ich die Einladung in meinem Briefkasten fand. Nein, hatte Ferdinand erwidert, ich auch nicht.

Jetzt lagen die weisen Worte auf meiner Zunge wie ein Kirschkern, der nicht den Hals hinunterpurzeln wollte, und mir wurde bewusst, dass die Situation für das Publikum noch schlimmer war als für mich, sie saßen dort, als müssten sie einer Warzenoperation beiwohnen.

Ferdinand nickte mir aus der ersten Reihe aufmunternd zu, ich hatte ihn zur Unterstützung mitgenommen und damit er Visitenkarten verteilte, ich habe ihn nur selten ohne eine Visitenkarte in der Hand gesehen, die dabei ist, in eine andere Hand überzuwechseln, manchmal fand ich es beinahe unanständig. Der ganze Saal war voller Köpfe, aus deren Öffnungen wiehernde Laute kamen. Mein Akzent ist so stark, dass es mir gelingt, eine Frau wie zwei klingen zu lassen, vielleicht lachten sie deshalb. Ich versuchte, mich nicht davon beirren zu lassen, dachte mehr an mich als an sie. Aber je mehr ich über mich selbst weiß, desto schwieriger wird es, einen Schlüssel zu finden, einen roten Faden.

Ich konnte an den Mienen des Publikums ablesen, dass ich ihnen leidtat, dass ich die Erwartungen dieser Menschen nicht erfüllte, und ich tröstete mich damit, dass sie umgekehrt auch meine nicht erfüllten. So konnte ich relativ gut gelaunt wieder in mein Hotelzimmer zurückkehren.

Ich mag Hotelzimmer, ein solcher Luxus ist mir nicht jeden Tag vergönnt, als wäre alles für mich gemacht, nur für mich, ganz egal, wie hässlich es auch sein mag, aber das Zimmer, in dem ich wohnte, war das schönste, das ich je gesehen hatte. Im Grunde war es ganz ordinär, aber ich wollte gern sagen: Ich habe im schönsten Zimmer der Welt gewohnt! Nachdem ich mich bettfein gemacht hatte, konnte ich die Badezimmertür unmöglich wieder aufbekommen, aber glücklicherweise sind die Nasszellen das Allerschönste an Hotels. Sie sind so sauber, und alles ist in Plastik eingepackt. Ich sah mich um und wusste, hier konnte ich für immer bleiben. Die Badewanne würde mein Bett sein! Als ich den Duschvorhang vorzog, entstand sogar ein eigenes kleines Schlafzimmer innerhalb des Badezimmers. Ich musste nicht einmal Angst haben hinauszufallen, wenn mich die Albträume plagten. Der Spiegel war wie ein Fenster, und draußen warf sich der enorme Atlantik hin und her, ich spürte die Nähe von bösen Delphinen und toten Seeleuten. Aber ich wagte nicht hinauszusehen. Am nächsten Morgen wachte ich davon auf, dass mir der Wind ins Gesicht schlug, und ich machte es mir auf der Toilette bequem, mit der Gewissheit, dass alles gut wird. Immer.

Dann knurrte mein Magen erneut, und ich knackte die Badezimmertür mit einer Nagelfeile und nahm den Aufzug nach unten, um zu frühstücken. Der Frühstückssaal war schick und voller sogenannter Intellektueller, was meine Sorge, ich könnte vergiftet werden, allerdings keineswegs schmälerte. Um ehrlich zu sein, überlegte ich, ob das Frühstück wirklich für mich gedacht war; das heißt, ich dachte nicht, dass es mehr für mich gedacht war als für die anderen Gäste, sondern verfiel auf den Gedanken, dass es für alle anderen Gäste, nur nicht für mich, gedacht war! Warum dachte ich das? Muss der Weg zwischen ganz oben und ganz unten wirklich so kurz sein? Sollte der Abstand zwischen Wagemut und Mutlosigkeit nicht größer sein? Zehn Etagen mit dem Aufzug nach unten, von einer knochentrockenen Badewanne in einen beeindruckenden Frühstückssaal, und schon bin ich am Boden zerstört?

Schließlich nahm ich mich zusammen und machte es mir mit meinem Müsli an einem Tisch bequem. Jetzt hätte ich die Möglichkeit gehabt, etwas anderes zu essen als das, was ich immer esse, nämlich Müsli, ich hätte mich auf die fettigen Wurstzipfel stürzen können, aber ich tat es nicht, und ich wünschte, ich könnte das mit meiner Bescheidenheit erklären, aber in Wirklichkeit lag es an meinem unterentwickelten Geschmackssinn. Ja, gebt mir ein altes, verschimmeltes Fladenbrot, solange mein Magen halbwegs gefüllt ist, bin ich glücklich. Die Kellner hatten Stofftücher über dem Arm, kreideweiß und steif, ich habe noch nie etwas so Weißes und Steifes besessen, außer am 17. Mai, und selbst da bekomme ich den Stoff nie so schön hin. Während ich kaute, dachte ich darüber nach, was ich im Radio sagen sollte, nach dem Frühstück musste ich mich zur Rundfunkanstalt aufmachen, wo ich und die anderen Konferenzteilnehmer je zwei Minuten über etwas, das wir lieben, reden sollten, was ich für viel zu lang und übertrieben hielt, weil ich nicht einmal weiß, ob ich streng genommen irgendetwas auch nur zwei Sekunden lang lieben kann. In der einen Sekunde denke ich noch, dass ich etwas liebe, ja, mit fester Stimme bricht es aus mir heraus und ich sage: »Ich liebe es!«, und in der nächsten Sekunde zweifle ich, fühle mich dumm, will die Liebeserklärung zurücknehmen und denke, dass ich nie wieder etwas laut aussprechen kann. Aber das ist nicht wahr! Ab und zu, ja, oft, liebe ich etwas und jemanden, viel zu oft, denke ich jetzt, es ist so schwer zu wissen, was man von allem Möglichen halten soll, nichts weiß man sicher, ehe man tot ist, und dann ist es zu spät. Das einzig Sichere ist der Tod, und möglicherweise beschloss ich deshalb zu sagen, dass ich Friedhöfe liebe und nicht irgendeine Potenz oder Quadratwurzel, wie es die Verantwortlichen dieser Radiosendung anscheinend erwarteten, plus, dass ein Mann, den ich geliebt hatte, neulich gestorben sei, und wenn so etwas passiert, kann man kaum noch von etwas anderem sprechen. Wenn ich neulich sage, meine ich, dass es so ist, als würde er immer noch genau jetzt sterben, weil mir nach wie vor, mehrmals am Tag, von Neuem bewusst wird, dass Ferdinand tot ist.

Ich hatte auf dem Balkon in Paris gestanden, hoch über der Erde, und geglaubt, Ferdinand würde auch noch dort stehen, als sich eine Stimme in mein Ohr schlich und rief: Ferdinand-hat-sich-das-Leben-genommen-das-ist-so-grausam! Das Seltsame ist, dass ich unmittelbar begriff, was das bedeutete, aber schon wenige Augenblicke später war es immer schwieriger zu verstehen, als hätte mich der Schnee umschlossen und alles bedeckt. Ich dachte, dass Ferdinand vom Balkon gesprungen war, und ich schrie mir die Lunge aus dem Leib, als wollte ich Ferdinand am Springen hindern, als würde er in dieser Sekunde springen, als wäre es nicht längst zu spät. Ich rannte ins Haus, war mir sicher, dass ich auch über das Geländer gezogen und dem Boden entgegenfallen würde, als wären Ferdinand und ich Partikel in Paralleluniversen. In diesem Moment bekam ich Angst, mich im Spiegel zu betrachten. Und nach wie vor ist es so, als würde Ferdinand immer weiter fallen, er fällt in den Tod, die ganze Zeit, springt wieder und wieder vom Balkon.

Um ehrlich zu sein, habe ich mich nie für einen Friedhoftypen gehalten, das sind wohl eher die Grufties oder Satanisten, oder einfach nur Naturliebhaber, was weiß ich. Ich hatte ein beinahe unüberwindbares Hindernis überwunden, als ich beschloss, was ich sagen würde, nämlich, dass ich Friedhöfe liebe, nicht den goldenen Schnitt, nicht Pi, aber dann musste ich ja auch noch mehr sagen, Zeit ist ein wichtiger Faktor im Radio, man kann beispielsweise nichts nur eine Minute lang lieben, denn dann herrscht in der nächsten Minute Stille, und mehr braucht es nicht, damit die Hörer umschalten. Also musste ich einige Friedhöfe aufzählen, und es erschien mir logisch, das meiste Gewicht auf den Friedhof zu legen, wo er, den ich liebe, begraben liegt, um wenigstens einen Hauch von Gefühl bei den Leuten zu wecken, ohne dass es peinlich intim wird. Jeder kennt Tote, von denen er wünschte, sie wären am Leben.

Ich hatte eine Beerdigung für Ferdinand arrangiert, so wie ich es als Kind für kleine Vögel getan hatte, solche Rituale sind nicht zu verachten. Wenn Elefanten nicht die Leiche ihres Elefantenbabys sehen, das von Heckenschützen erschossen wurde, werden sie ewig nach dem Baby suchen. Auf dem Friedhof hatte ich Ferdinand an mir festgenäht, wie eine umgekehrte Amputation, das tat weh, die Nadel war so dick, der Faden so dünn, er rutschte die ganze Zeit aus dem Öhr, und jetzt hängen wir zusammen, wandeln ruhelos und gedankenleer durch die Gegend wie irgendein dahergelaufener Tunichtgut. Der Friedhof, den ich für ihn ausgesucht habe, heißt Cimetière des Longs Réages, und obwohl ich zu diesem Zeitpunkt in Frankreich wohnte, bin ich mir unsicher, wie man das auf Französisch ausspricht, ich wollte den Namen im Radio nicht falsch aussprechen, was hätte das für einen Eindruck gemacht.

Samuel spricht Französisch, sagte Ferdinand, als wäre es die natürlichste Sache der Welt, während er sein Ei köpfte und sich übers Kinn strich, als hätte er einen Bart, er versuchte wohl, meine Gedanken auf Jesus zu lenken.

Dann deutete er mit dem Kopf auf einen Tisch am Fenster, wo ein Mann still für sich saß. Als wollte Ferdinand mich vom Stuhl hochziehen und mich in den Raum schubsen, als wollte er mich in die wirkliche Welt hineinschubsen, mich aus der Rechenaufgabe herausziehen, die ich zu lösen versuche, hin zu den Menschen. Ganz so, als würde es mir gefallen, derart lungenkrank zu sein, dass ich die Leute in die Flucht schlage, dabei gefällt es mir ganz und gar nicht, und ich fürchte, dass es mir nie gelingen wird, diesen Zustand je zu verlassen. Aber es wäre nicht das erste Mal, dass ich bei anderen Menschen auf den Schoß krieche.

Samuel?, fragte ich, ohne Grund, ich hatte ihn genau gehört. Dieser vertraute Druck auf meiner Brust, als hätte sich jemand auf mich gesetzt.

Ich dachte, dass ich diesen Samuel nicht einfach irgendetwas fragen wollte, er war noch nicht einmal ansatzweise eine Idee, und wenn ich neue Männer kennenlerne, bin ich selten so fasziniert, dass es die Anstrengung wert wäre. Als könnte ich niemals jemanden etwas fragen, ohne fasziniert zu sein! Als hätte ich nichts anderes im Kopf als Fortpflanzung! Ich musste daran denken, dass der Albatros, wenn er für seine Jungen Futter besorgt, innerhalb von wenigen Tagen um die ganze Erde fliegen kann. Allein der Gedanke macht mich atemlos. Immer, wenn ich nur schwer atmen kann, werde ich von dem Gefühl erfüllt, dass ich im Gegensatz zu anderen Menschen kein bisschen kränkeln darf, nicht einmal einen Schnupfen darf ich mir leisten, ehe ich meinen Koffer packen und den, den ich liebe, verlassen muss. Somit kann ich niemanden lieben, nicht nach Ferdinand. Noch immer ertappe ich mich bei dem Gedanken – was, wenn ich jetzt mit einem zusammen wäre, den ich liebe! Jetzt, da ich den Schmerz in der Brust spüre und eine Lähmung die Lunge erfasst. Vermutlich bin ich einfach nur ein Feigling. Weiter über die Einsame: Es gibt Tage, an denen ich mit keinem einzigen lebendigen Menschen rede. Ich rede mit denen, die tot sind, oder mit denen, die fort sind, jeden Tag rede ich mit jemandem, der nicht da ist. Ferdinand gefällt das nicht, er hat gesagt, das wäre wie mit den Perlen, um zu schimmern, bräuchte ich lebende Menschen in meiner Nähe. Ich lebe, ich muss mich daran erinnern, dass ich immer noch lebendig bin!

Samuel sitzt direkt da vorn, sagte Ferdinand, als hätte ich ihn beim ersten Mal nicht gehört.

Ist er Mathematikprofessor?, fragte ich, ohne die Fassung zu verlieren.

Nein, sagte Ferdinand. Er ist Schriftsteller.

Ich schnitt eine Grimasse, zwar konnte ich mich selbst nicht sehen und mir dessen also nicht sicher sein, aber ich spürte, wie sich die Haut um meine Augen und über meiner Nase auf übertriebene Weise kräuselte. Ich glaube, die Reaktion stand in keinem Verhältnis zu Ferdinands Mitteilung, doch ich kann sie nicht sehen, diese

Schriftsteller, ohne zu denken: Welche Schicksalsschläge haben euch dazu getrieben? Welche seelischen Defekte versucht ihr verzweifelt zu reparieren und mit Sinn zu füllen? Musstet ihr in den Kindergarten gehen, obwohl ihr euch dort nicht wohlfühltet? Hat sich ein Albatros an euch vergriffen? Das erinnert mich daran, dass man zu den Leuten, denen man begegnet, nett sein muss, weil alle einen schweren Kampf kämpfen.

Was macht er hier?, fragte ich.

Manchmal, wenn ich mit mir selbst spreche, bin ich mir fast sicher, man könnte sehen, wie sich meine Lippen bewegen.

Er versucht, sich bei Oulipo einzuschleimen, antwortet Ferdinand. Dann betrachtet er mich mit strengem Blick: Gelbhaarige Kriegerin … Geh!

Also erhob ich mich widerstrebend von meinem Stuhl in dem schicken Frühstückssaal, jetzt, da der Magen gesättigt war, schrie die Seele nach Füllung. Ich war dabei, in Richtung eines anderen Menschen zu verschwinden, und ich wusste nicht, wer es war. Ich bin gekommen, weil ich dich um eine helfende Hand bitten will, sagte ich. Einverstanden, sagte Samuel. All das spielte sich in meinem Kopf ab, als ich durch den Raum ging, es gibt etwas im Leben, das wichtiger ist als Glaubwürdigkeit, und zwar die Vorstellungskraft. Für ein paar glückliche Momente, ehe man mit der Realität konfrontiert wird.

Du darfst mich K. nennen, sagte ich.

Das hatte ich noch nie zu jemandem gesagt. Ich wollte es erst in letzter Sekunde zu ihm sagen, mit dem

Taschentuch winkend, aber jetzt war es zu spät, und ich hörte mich diesen verblüffenden Buchstaben laut murmeln. Ich verstand nichts von dem, was ich gerade tat, ich dachte, ich würde um Hilfe bei der Aussprache einiger französischer Worte bitten, ich dachte meine eigenen Gedanken und zog meine eigenen Schlüsse, die beunruhigend irrsinnig waren. Es war unangenehm, dass ich nicht begreifen konnte, was gerade geschah, und gleichzeitig glaubte ich unglücklicherweise, alles zu verstehen. Und als wäre das nicht schon genug, besaß ich einen so lückenhaften Überblick, dass die Einsicht, die ich zu besitzen glaubte, mit einem Lidschlag verschwunden war, und ich zwinkerte oft, als ich quer durch den Raum auf Samuels Tisch zuging, der Weg war so weit. Masse, die in Bewegung gesetzt wurde, nackt und ungekünstelt wie die Relativitätstheorie, und ich bewegte mich mit behutsamen Schritten, beinahe feierlich, während ich wie immer die Luft zu schätzen wusste, die durch meine Nasenlöcher einströmte, ehe ich mich räuspern musste. Jede andere Frau, die noch ganz bei Trost war, hätte längst kehrtgemacht.

Die Morgensonne fiel direkt in die Fenster und tauchte den Frühstückssaal in strahlendes Licht, und in diesem Licht wuchsen die Menschenkörper wie Bäume. Den Bäumen kann ich trauen, ihre Wurzeln wachsen direkt zu den Toten und Ungeborenen hinab und nähren sich von ihren Gedanken. Wenn ich die Arme nach vorn strecke, kann ich in mehrere Richtungen gleichzeitig laufen, besonders im Wald. Ich kann Grenzen erfinden, wenn ich sie brauche. Aber ich kann auch Vögel erfinden. Und eben dieser Gedanke an die Vögel ließ mich weitergehen, jetzt hatte ich mehr als die Hälfte des Wegs zurückgelegt, in dem gleißenden Licht, der Hinweg war kürzer als der Rückweg, zurück zu Ferdinand und zu Samuel hin.

Kein Zweifel, dass wir mitunter Fremden begegnen, die uns dennoch nicht unbekannt oder unerheblich erscheinen, weil wir sie in gewisser Weise schon vorher in uns erschaffen haben, nur war mir das noch nie passiert, für solche Erlebnisse bin ich nicht geschaffen, selbst eine einfache *fausse reconnaissance* scheint meilenweit außerhalb meiner Reichweite zu liegen. Falls Samuel ein Gedanke war, der mich bereits vor dieser Begegnung gestreift hatte, so hatte ich ihn verjagt, wie man einen Taschendieb verjagt, mit langen Schritten und geschürztem Rock. Aber wenn ich wirklich weiter hätte allein bleiben wollen – worauf all mein Tun und Treiben hindeutete, denn ich dachte nur an mich, mit derselben Überzeugung und Glaubwürdigkeit, aber auch Standhaftigkeit, mit der ich an mein künftiges Kind und meinen Gott dachte – wenn es wirklich so gewesen wäre, dann wäre doch nichts von alldem geschehen!

Und jetzt saß er dort vor mir, ich hatte seinen Tisch erreicht, und ich vermisste ihn, noch bevor ich den Tisch wieder verließ. Ich versuchte, Samuel an der Zeit festzunähen, mit tastenden Stichen nähte ich die Zeit fest, verwandelte sie in eine Haarsträhne, die ich um meinen Zeigefinger wickelte, ehe ich die Strähne an der Tischdecke festnähte. So kann ich Samuel und mich selbst wiederfinden, von diesem Ort in der Zukunft ausgehend, ich muss lediglich dem Geruch von Wollgrashaar folgen.

Wenn ich die Finger in die Ohren stecke, wenn ich mich im beruhigenden Knistern des Ohrenschmalzes warm und geborgen fühle, kann ich auf listige Weise eine Richtung im Leben finden. Ich ziehe die Finger wieder heraus, und alles ist anders. Als wäre nichts geschehen und würde niemals geschehen. Die Taubheit belagert meinen Körper, Hirn und Seele meiden einander, rasseln aneinander und gehen in Stücke, und als Opfer dieser Unglücke, die ich verdächtige, reine Einbildung zu sein, bin ich zum Leben oder Sterben gezwungen, was zwei Seiten einer Medaille sind. Und womit soll man dieses Leben füllen, ja, mit etwas so Sinnlosem wie der richtigen Aussprache von Wörtern in einer Sprache, die man kaum beherrscht. Ich bin keine Französin, daher dieses alberne Bedürfnis, französische Wörter in den Mund zu nehmen, was der Zunge nur Unbehagen bereitet, Wörter, die sich so langsam bewegen wie Quallen.

Samuel saß allein; ich selbst wünsche mich nie so sehr aus meiner Einsamkeit weg wie an einem Frühstücksbüffet. Fernab vom Wahnsinn der Welt und allen unheimlichen Geräuschen – in solchen Momenten wünscht man sich doch einen Menschen auf der anderen Seite des Tisches, dem man nickend zustimmen kann, dass der Kaffee wirklich gut schmeckt.

Hallo, sagte ich.

Das Wort kam aus meinem Mund, doch ich konnte es nicht vor mir sehen, so sehr ich auch schielte. Nichtsdestotrotz gelang es mir, das Wort zwischen Zeigefinger und Daumen zu fangen und es Samuel zuzuschnipsen. »Hello.« Aber solche Aussagen lassen sich nicht noch einmal erleben, ohne dass die Phantasie alles durcheinander bringt.

Ich betrachtete diesen Iren, oh, diese irischen Schriftsteller, sie gehören zu einer Sorte Perlen, die nicht mehr hergestellt wird, die Muschelschale ist zerstört. Das dachte ich erst später, in diesem Moment war ich viel zu sehr mit mir selbst beschäftigt, ja, ich sah ihn kaum, ich hätte auch mit einem leeren Stuhl reden können, und das war nur gut, denn hätte ich ihn beachtet, wäre ich nicht imstande gewesen, auch nur irgendetwas zu sagen, so außergewöhnlich gut sieht er aus. Vielleicht gleicht er auch meiner Nachttischlampe, mit einem Ein- und Ausschalter, vielleicht ist er in diesem Moment überhaupt nicht sichtbar. Der Samuel, dem ich nun gegenüberstand, hatte nichts mit dem Samuel gemein, den ich später treffen würde, ja, schon in einer Stunde oder zwei, beim Radiosender. Möglicherweise vermische ich diese Versionen inzwischen, all das ging so schnell, dass mein Hirn nicht in der Lage war, der linearen Entwicklung der Geschichte zu folgen. Eigentlich hätte ich zu diesem Zeitpunkt bereits rot wie ein Hummer sein müssen, aber das kam erst zu einem späteren Zeitpunkt, an dem ich noch nicht angelangt bin.

Ich dachte an Samuel, und die Farbe grün setzte sich in meinen Augen fest, Ferdinand ist blau, Samuel grün. Wörter, mit denen ich nichts anzufangen weiß, so wie »Liebe«, vielleicht könnte ich einfach einen Haken am einen Ende befestigen und darauf hoffen, dass etwas anbeißt. Auf dem Grund stehen, die Füße im Seegras und Tang, ohne in einem Loch zu verschwinden, die Sonnenstrahlen über mir glitzern sehen, durch die Meeresoberfläche hindurch.

Ich sah zur Decke empor, als befänden sich die Worte, die ich sagen wollte, dort oben und nicht auf meiner Zunge.

Bist du Samuel?, fragte ich, ehe ich wieder zu Boden sah.

Der Mann saß stumm da, ich hatte ins Schwarze getroffen.

Sprichst du Französisch?, fragte ich.

All diese Fragen, die es braucht, ehe man auf den Punkt kommen kann – diese Trägheit in der menschlichen Kommunikation ist nicht auszuhalten. Aber ich konnte ihn oder mich selbst nicht verschonen, und wenn ich diese Begegnung nun beschreibe, muss ich sie zwangsläufig noch einmal erleben. Ich kann versuchen, mich zu verstecken, was aber nicht bedeutet, dass ich nicht in der Lage wäre, mich wiederzufinden.

Ja, antwortete Samuel.

Außerdem erzählte er, ganz unaufgefordert, dass er meinem Auftritt am Vorabend beigewohnt hatte.

Ich habe dir zugehört, sagte er, diesen Satz, den ich von meiner Mutter nie gehört habe.

Vor lauter Verlegenheit legte ich mir die Hände vors Gesicht, dann spähte ich zwischen den Fingern hindurch, vielleicht glaubte Samuel, ich wollte ihn erschrecken, aber stattdessen erschreckte ich mich selbst, denn ich konnte ja kaum etwas sehen. Ein Angreifer hätte sich unbemerkt von der Seite nähern können, während ich nur vergnügt vor mich hingepfiffen hätte, und schon wäre es zu spät gewesen. Manche Menschen können mit den Ohren sehen, ich jedoch nicht, und manche Menschen pfeifen aus gutem Grund, aber nicht einmal dafür reicht meine Selbstbeherrschung aus. Ich hatte den Blick so auf Samuel gerichtet, wie ich mein schlafendes Tier ansehe, wenn ich mich entspannen will, und ich hatte Lust, mich selbst am Haar und aus der Tür zu ziehen, denn erst, wenn ich mich wegbewege, fällt mir etwas Kluges ein, und dann ist es streng genommen bereits zu spät.

Viele planen ja schon im Voraus alles, was sie bei solchen Auftritten sagen werden, sagte Samuel.

Er sagte es, als hätte ich rein gar nichts geplant, und wahrscheinlich hatten mich mein Stammeln und Stottern verraten, meine beiden hervorstechendsten Merkmale. Man ist nicht Tag für Tag, Jahr für Jahr untertänig, ohne dass es sich rächt.

Samuels Trost kann ich mir in die Haare schmieren, oder unter die Skier, ich könnte damit bis zum Nordpol gelangen, oder nach Moskau. Worte, die mich nach unten ziehen, ehe ich ein Stück weiter wieder auftauche, wie eine alte Frau, die alles, was sie für wahr hielt, am Strand zurücklässt, ehe sie sich ins Wasser begibt. Sie taucht unter und wieder auf, entfernt sich immer weiter von ihren falschen Vorstellungen, nähert sich immer mehr ihrem Herzen.

Nimm deine Hände runter, sagt Samuel.

Oder hatte das kleine Huhn am Nachbartisch das gesagt, so dick meine Finger auch waren, ich konnte dieses Wesen nicht ausblenden, sein Haar, das so viel Spannkraft hatte wie ein gebrauchter Teebeutel. Das stimmt nicht, an diesem Morgen befand sich niemand anderes im Frühstückssaal, obwohl er voller Menschen war, nur Samuel und ich waren dort, und wir liefen mit ausgestreckten Armen barfuß über eine Blumenwiese, und ohne uns war die Erde leer! Ein englischer Garten ist eine geplante Wildnis, wie eine Blumenwiese, denn eine Blumenwiese ist geplant, im Gegensatz zu einem französischen Garten, der eine geplante Ordnung ist, und dann fürchte ich mit einem Mal, wenn ich nur einen falschen Schritt mache, könnte ein Soldat sein Gewehr laden und mir in den Nacken schießen.

Am Ende schaffte ich es, auf Englisch etwas über die Furcht vorzubringen, vor vielen Menschen aufzutreten, und die Angst, über die Klinge zu springen, als könnte ich einfach so mit meinen tiefsten Geheimnissen herausplatzen. Samuel antwortete nicht, aber ich hörte deutlich, was er dachte, und zwar auf Französisch, es war etwas, was ich mir einfach nur ausdachte:

Du moment qu'on meurt, comment et quand, cela n'importe pas, c'est évident.

Ich kramte in meinem Kopf, obwohl ich dort nie das habe, was ich gerade brauche, und so war es auch diesmal. Aber die Zeit arbeitet für mich, und dumm, wie ich bin, fand ich das tröstlich. Ferner dachte ich, dass er Mann war und ich Frau, und dort, wo das Glied des Mannes ist, sind auch seine Gedanken beständig, es sei denn, er ist impotent, und um mir Samuel als impotent vorzustellen, bräuchte ich mehr Phantasie, als ich habe, dabei habe ich schon mehr davon als je zuvor. Ich verstand nicht, was Samuel auf Französisch sagte, wollte nur die Aussprache dieses einen Wortes wissen, dumm von ihm, mir gleich mit einer ganzen Lektion zu kommen, denn ich vermute, dass es eine Lektion war, ausgerechnet mir, die nicht darum gebeten hatte, auf diese Weise zurechtgewiesen zu werden. Ich hielt die Hände neben den Kopf und formte sie wie zwei Wangen, als befände sich mein Kopf neben dem eigentlichen Kopf und als könne der eigentliche Kopf nicht damit umgehen, was er auf Französisch sagte, und deshalb müsste er mit einem anderen Kopf sprechen. Er verstand, was ich meinte, und wandte sich an den falschen Kopf:

C'est peut-être la même chose avec l'amour?

Das sagte er wohl kaum, aber ich hätte es mir gewünscht. Ich bewegte die Hände ein wenig zu mir, und da wechselte er ins Englische; damit konnte ich besser umgehen.

Kein schlechter Applaus, den du bekommen hast, sagte Samuel.

Aber da ich nur ein Mensch bin, konnte ich damit nur ruckweise umgehen. Während des Auftritts, den er bezeugt hatte, war ich aufgefordert worden, etwas auf Norwegisch zu sagen, weil ich nicht mehr in der Lage gewesen war, Englisch zu sprechen unter dem großem Beifall des Publikums, das nicht gerade klein war, aber es zu zählen, wäre vulgär gewesen. Der Applaus hatte mich die ganze lange Nacht hindurch gewärmt, als ich bibbernd in der Badewanne lag.

Ich fand das ein bisschen herablassend, sagte Samuel jetzt.

Ich war ganz baff über seine direkte Art, falls ich die Bedeutung von »herablassend« richtig verstand. Dann war ich froh, weil er ehrlich war, aber das kam erst viel später, nachdem ich meine Wunden geleckt hatte.

Sie spricht ihre eigene Sprache!, sagte ich und klatschte enthusiastisch in die Hände, um das Publikum nachzuahmen.

Samuel öffnete den Mund, und ein Lachen fiel heraus. Da hatte ich keine Lust mehr, weiter den Clown zu spielen.

Ich war in China, sagte ich.

Das erzähle ich immer, wenn ich nicht weiß, was ich sagen soll, wenn ich nicht weiß, ob ich gerade etwas erzähle oder auf eine Frage antworte, eine Frage, die ich mir womöglich selbst gestellt habe, und keine Vorstellung mehr davon habe, wie viel Zeit vergangen ist, seit die Frage gestellt wurde.

Ich wünschte, jemand würde mich nach China einladen, sagte Samuel.

Ich erkundigte mich, wo er denn wohne, wenn er sich schon nach China wünschte, ich stellte mir vor, er müsste in einem erbärmlichen Loch wohnen, und dieses Loch würde ich gerne beschreiben, ich wünschte, ich könnte ein ganzes Gedicht darüber schreiben! Nichts lässt sich so dankbar beschreiben wie das Anrüchige.

Dublin, sagte Samuel. Er sah sich um, als hätte ich die Pointe nicht verstanden.

Dessen ungeachtet wollte meine Seele unter die Erde, ins Grab, denn in diesem Fall würde sie glücklich sterben. Dublin ist sicher mein Lieblingsort unter den wenigen Orten, die ich besucht habe, abgesehen von der Hütte im Wald, und das erzählte ich ihm. Ach, wie sehr bin ich diesen Ausdruck leid, Lieblingsdies und Lieblingsdas, so leid, dass ich beinahe nicht mehr damit umzugehen weiß. Leider, leider.

Samuel sah aus wie ein Traum! Kein Grund zur Sorge, ich werde keinen Traum nacherzählen, das liegt nicht in meiner Natur oder meinen Unsitten. Außerdem wusste ich zu diesem Zeitpunkt noch gar nicht, dass er wie ein Traum aussah. Trotzdem bin ich gezwungen, eine Beschreibung von ihm zu geben, obwohl das gegen meine Prinzipien verstößt. Aber noch nicht!

Ich schloss die Augen, vergaß, wie ich selbst aussah, und begann von vorn. Samuel zog die Augenbraue hoch, fast bis zum Haaransatz, wo sie in keiner Weise hingehörte, aber immerhin erweckte er so den Eindruck, als würde er mir eine Frage stellen. Als würde dieser plötzliche Mangel an Stirn die Frage stellen, ob es auch mein Mathematikbuch gewesen sei, das mich damals nach Dublin geführt hatte.

In keiner Weise!

Ich fand es merkwürdig, dass er mich nicht fragte, warum ich in China gewesen war. (Wegen der Glückskekse.)

Samuel machte keine Anstalten, die Augenbraue wieder zu senken, und so sagte ich, dass ich auf geradezu anormale Weise von Kricket fasziniert sei. Ich weiß nicht, ob er mir ansah, dass ich log, aber ich tat es ihm zuliebe. Samuels Augen blitzten auf, als ich die Kricketlüge vorbrachte, und ich wusste, dass ich mit ein bisschen Übung, wenn nötig, in der Lage wäre, eine neue Lüge zu erzählen. Kleine Lügen kann ich unter meinen Augenlidern verstecken, da sieht man sie nicht so gut. Wenn der Raum voller Menschen ist, die im Gesicht verschwinden, kann ich ummöblieren, den Stuhl ans Fenster räumen, den Mund zur Stirn hinauf, ich bin niemandem eine Erklärung schuldig, und es ist fast nie zu spät, egal, worum es geht.

Schade, dass Zeit das Einzige war, wovon wir nicht genug hatten. Die Tische bogen sich unter dem Gewicht der Brötchen und Kaffeetassen, aber was nutzt das schon, wenn man aus dem Frühstückssaal gezogen wird, weil man rechtzeitig zum Radio muss. Ferdinand tippte mir auf die Schulter.

Zeit zu gehen, sagte er.

Uff, es bereitet mir Qualen, den Frühstückssaal hier mitten im Text zu verlassen, ich möchte ihn detaillierter schildern, aber ich kann nicht in einer fortgeschrittenen Erzählung dazu übergehen, Literatur zu schreiben, ich bin doch schon im vollen Gange! Ich kann mich nicht erinnern, ob ich mich von Samuel verabschiedete, dieser Gedanke wird mich quälen, bis ich eines Tages von einem Ast herabbaumle.

Hoffte ich in diesem Moment, ich würde Samuel wiedersehen? Nein, da machte ich mir keine Hoffnungen.

Und das meine ich nicht in dem Sinne, wie es hier klingt, denn wenn man sagt »da mache ich mir keine Hoffnungen«, bedeutet das, die Hoffnung ist vorhanden, oder zumindest der Wunsch, sonst hätte man es nicht gesagt. Wünsche und Sehnsüchte sind aus meinem Inneren weggefegt, und es ist, als würde ich Selbstquälerin gern die Leere betrachten, die sie hinterlassen haben. Ja, wenn ich zu dem Zeitpunkt erfahren hätte, dass ich nie mit diesem Samuel geredet hätte, wäre ich ebenso damit zufrieden gewesen, lungenkrank auf dieser Erde umherzuwandeln und auf den Tod zu warten, ich wäre nicht einmal überrascht gewesen, wenn mir jemand ins Ohr geflüstert hätte, dass Samuel überhaupt nicht existiert! Trostlos, wie ich bin. Das wird ein zu jäher Kontrast zu der Blumenwiese, ich nehme es zurück, und es ist ja auch wirklich ein seltsames Wort, trostlos, ich weiß nicht mal, ob es das korrekte Wort ist oder ob ich aus purer Faulheit damit um mich werfe. Vermutlich liegt es an meiner Ignoranz, auch ein seltsames Wort, mit dem ich nur selten etwas anzufangen weiß, aber es steht mir zweifellos gut.

Nach einem Spaziergang durch Dublins Straßen saß ich nun dort, am Empfang der Rundfunkanstalt, von einem enormen Ledersofa verschluckt, und wartete darauf, dass ich an der Reihe wäre, etwas für zwei Minuten zu lieben. Die Mathematiker bildeten eine Schlange, einer nach dem anderen gingen sie ins Studio und teilten ihre Liebe mit dem Volk, ehe sie wieder herauskamen, als wäre nichts geschehen, und die Staffel an den nächsten weitergaben. Innerlich wiederholte ich den

Namen des französischen Friedhofs, als fürchtete ich, in schallendes Gelächter auszubrechen, oder verzweifeltes Schluchzen, worin läge sonst der Witz? Ich mag Witze nicht sonderlich, sicher, weil ich es nie bis zur Pointe schaffe oder viel zu schnell dort bin. Kennst du den über die beiden Samen, die man Schmutzlappen nannte? Ich mache mich auf, komme jedoch nicht weit, ehe ich innehalten muss, aber es ist immerhin ein Anfang. Das ist alles, was zählt. Obwohl das noch lange nicht genügt, um die Leute zum Lachen zu bringen, aber wozu sollte das auch gut sein? Von Bedeutung ist einzig und allein, ob ich selbst lache, und weil ich bereits weiß, wie der Witz endet – denn ich muss ihn ja schon mal gehört haben, um ihn erzählen zu können –, lache ich nur selten über meine eigenen Witze. Ich lache nur über die, die ich neu erfinde, denn dann überrascht mich die Pointe jedes Mal, und ich knirsche vor wohligem Schreck mit den Zähnen. Ich glaube, ich bin gerissener als ein Komiker, denn bekanntermaßen sind es vor allem Komiker und Pfarrer, die an den Lachmuskeln der Menschen zerren, aber die Pfarrer sind vermutlich schlauer als ich. Warum sollte Gott ihnen sonst freien Zugang zu seinen Gedanken gestatten?

Plötzlich stand Samuel neben mir. Von meinem Platz aus hatte ich freie Sicht auf sein Hinterteil, ein außergewöhnlich schöner Anblick, es war das erste Mal, dass ich Samuel stehen sah, was mich wie einen Hummer erröten ließ. Habe ich diesen Hummer schon einmal erwähnt? Das würde mich nicht wundern, es ist ein ungemein präzises Bild. Ich meine, ich hätte einen Blick auf

Samuels Hosenstall erhaschen können, das heißt die Knöpfe des Hosenstalls, was heißen muss, dass mit diesem Hosenstall etwas nicht stimmte. Ich glaube, ich konnte nur einen Knopf erkennen, und der war zum Glück geschlossen. Wahrscheinlich war seine Hose am Bund ein bisschen ausgeleiert. Bund? Das ist ein neues Wort, oder ich habe es lange nicht benutzt, auf diese Weise kann man sich selbst überraschen, sooft man will, dafür braucht man nur ein schlechtes Gedächtnis. Samuel trug einen langen Mantel, nicht lang-lang, sondern knielang, was darauf hinwies, dass er Autor war, ja, man kann sagen, was man will, aber so etwas sieht man nicht bei Leuten mit weniger ichbezogenen Berufen. Oh, jetzt war er mir aufgefallen, dieser Samuel, und an mich selbst, meinen liebsten Zeitvertreib, dachte ich fast nicht mehr! Aber ich dachte daran, ob mein Hosenbund ausgeleiert war, und an meine Lederjacke, ich lief mit einer toten Kuh auf den Schultern herum, und darüber war ich froh, denn das scheint eine positive Wirkung auf Männer zu haben. Ich selbst finde, dass ich in dieser Jacke burlesk aussehe. Oh, jetzt bin ich im Leerlauf, warum?, vermutlich weil die Gedanken in die Realität abgleiten, und dann werden sie mit einem Mal vorangezogen, zu etwas Zukünftigem hin, so ist die falsche Natur des Menschen, außerstande, den Augenblick zu genießen. Und der Augenblick, von dem die Rede ist, hatte rein gar nichts Genussvolles an sich! In diesem Monster von Sofa festzustecken war grausam, und noch dazu hatte Samuel mein Mathematikbuch in der Innentasche seines Mantels, es war kleiner, als ich es in Erinnerung hatte, wie selbstverständlich zog er es heraus und gab es mir zusammen mit einem altmodischen Füllhalter, damit ich meinen Namen hineinschrieb. Aber ich wollte nur meinen magischen Buchstaben hineinschreiben.

Ich habe mir gedacht, dass du hier sein würdest, sagte Samuel.

Und vielleicht begann ich in genau diesem Moment, als ich verstand, dass er an mich dachte, auch an ihn zu denken.

Doch erst im Flugzeug zurück nach Frankreich wurde mir alles mit einem Schlag bewusst. Erst glaubte ich, das Flugzeug durchbräche eine Schallmauer, dass es das wäre, was ich spürte wie einen Schlag auf Körper und Kopf, aber stattdessen war es diese Begegnung mit einem anderen Menschen. Und ich verstand, dass ich die Tür zum Balkon für immer abschließen, den Schlüssel verschlucken und Paris verlassen musste, die Stadt, wo die Liebe kommt, um zu sterben, wieder und wieder. Ich musste zurück nach Oslo ziehen und anfangen, dort Mathematik zu unterrichten, während ich ungeduldig, aber scheinbar geduldig, auf die Lungentransplantation wartete. Die Zeit ist so schwer zu verstehen.

Ich trage die Hoffnung in der Wohnung umher, aber auch auf der Straße, ich trage sie wie ein Kind in einer Plastiktüte, und ständig öffne ich die Tüte, hebe das Kind heraus, studiere es, während ich mir vor Angst am liebsten selbst die Augen ausstechen würde, bevor ich das Kind zurück in die Tüte lege, wo es sich in Embryonalstellung zusammenrollt und schläft. Und sobald ich anfange, das Kind zu vergessen, bringt mich irgendetwas dazu, es wieder auszupacken, als würde mich gerade die Tatsache, dass es dabei ist, aus meinem Gedächtnis zu verschwinden, dazu bringen, mich wieder daran zu erinnern. Ich packe das Kind aus, halte es in den Armen, als würde ich mich selbst in den Armen halten, als wäre ich ein Mensch im Inneren des Kindes, als würde mich das Kind für den Rest meines Lebens begleiten, und ich schwöre dem Kind hoch und heilig und beim Grab meiner Mutter, dass ich es niemals im Stich lassen, mich dort drinnen niemals in eine Spinne verwandeln werde, sondern jeden Morgen aufstehen und eine gerade Haltung einnehmen und eine hübsche Bluse anziehen werde, und ich werde dem Kind im Fenster zuwinken, wenn der Albatrosvater und ich hinausgehen müssen, um Futter zu suchen, und anschließend werde ich wieder zurückkommen, um etwas Schönes zu kochen und dem Kind bei den Hausaufgaben zu helfen. Das ist meine Art zu leben, aufstehen, loslegen, weitermachen, bis mich die große Erschöpfung verschlingt; mich dieser Hoffnung auszuliefern, mich ihr hinzugeben, mit allen Skrupeln und aller Scham der Welt und einer unverständlichen Neugier, ehe ich am nächsten Morgen von Neuem loslege und den Bleistift hervorhole. Ich lege alle Hoffnung ins Schreiben, das Schreiben, das mir das Herz herauszieht, ein ums andere Mal.

Dann geschieht das, worauf ich so lange gewartet habe. In diesem Moment geschieht es. Die Auferstehung. Ich liege neben K. und rings um K., ich liege in K., ich bin K. Ich habe zwei Körper. Einen Körper, der sich in einer Hütte im Wald befindet, einen, der dasitzt und schreibt, ganz nah bei Gott, der blaue Himmel über mir; dünne dünne Luft zwischen mir und all dem Blauen. Und einen anderen Körper, der K.s Körper ist und im OP liegt. All die Hände über uns, ich glaube, es sind zwanzig, von den Handflächen strahlt Energie ab, nach unten zum Körper, zur Haut, die warm und dünn ist unter dem grellen Licht der Deckenlampe. Die Hände strecken sich uns entgegen, öffnen die Brust, und da ist das Herz! Wir sind bald fertig, sagen die Hände, bald darfst du wieder im Dunkeln schlagen, immer weiter schlagen und schlagen und schlagen, du willst deine Arbeit in Ruhe tun, und bald darfst du das auch, wir müssen nur erst etwas erledigen. Und die Hände nehmen die zerschlissene Lunge, die Lunge, die das Ihre getan hat, jetzt habe ich das Meine getan, sagt die Lunge, jetzt will ich ruhen, und die Hände sagen, sie werde ruhen dürfen, und sie heben die Lunge heraus und legen sie auf ein samtenes Bett. Das stimmt nicht, sie wird direkt in den Mülleimer geworfen, tschüss Lunge! Unsere Lunge wird auf einem Müllberg zu Erde werden, als Blume emporwachsen. Denn das geschieht genau jetzt. Die neue Lunge wird hochgehoben, die Hände halten die Lunge vor sich, tragen sie durch den Raum wie einen Geburtstagskuchen mit zu vielen Kerzen, und Samuel hält dort im fernen Irland mitten in seinem Kricketspiel inne, bleibt wie paralysiert stehen, und mit seinen Gedanken lenkt er die zwanzig Hände im OP, sodass die Hände die Lunge genau richtig in unseren Körper einsetzen, sie heben die Rippen ein Stückchen an und stopfen die Lunge an ihren Platz. Der Tod nimmt uns bei der Hand, und das ist in Ordnung, denn wir kennen den Tod, aber das Leben nimmt uns bei der anderen Hand, und all die anderen Hände ziehen die Haut fest um mich wie eine zu enge Jacke an einem kalten Wintertag, schließen die Jacke über Herz, Lunge und Rippen, nähen uns mit feinen, feinen Stichen wieder zu, sie sind ganz ruhig, die Hände. Ich spüre das Herz unter den Stichen schlagen, hinter der neuen Lunge, und ich laufe weg von der Hütte und zwischen die Bäume unter dem knallblauen Himmel, Hallo Leben, Hallo Liebe, da sind wir!

Jemand hat mir ins Fleisch geschnitten, hat ein Messer oder, schlimmer noch, eine Säge, in mein Skelett gestochen und mich wie eine Dose Bohnen geöffnet. Mir ein neues Leben geschenkt. Alles jenseits meiner Kontrolle. In den tiefsten Schlaf zu fallen; es war so kalt, die Kälte nagte an meinen Gedanken. Ehe ich einschlief, dachte ich daran, wie ich dem Tod bald näher wäre als dem Leben, die Aorta würde gekappt, mein Herz würde aufhören zu schlagen und ich aufhören zu atmen. Während die alte Lunge aus meinem geöffneten Brustkorb herausgehoben wurde, merkte ich, wie Ferdinands Körper durchs Universum fiel. Hat Ferdinand darum gekämpft, den Fall vom Balkon zu überleben, als es zu spät war? Was dachte er auf dem Weg nach unten? Was dachte er im fünften Stock? Im vierten? Zwei Zentimeter über der Erde? Hat er gespürt, wie die Angst vor dem Tod und der Lebenswille stärker wurden, je näher er dem Boden kam? Ehe die frische Lunge an ihrem Platz war und mein Herz erneut in einem Sinusrhythmus schlagen konnte, manifestierte sich ein Bild von Ferdinand, eine Art Sinnestäuschung. Er lag auf dem Asphalt wie ein auf den Bauch gedrehter Schneeengel, vollkommen still, fast übersinnlich und schön, als wäre er unbeschadet vom Fall. Und als ich mich vorsichtig über ihn beugte, in sein Gesicht sah, das zur Seite gedreht war, sah ich mein eigenes Gesicht. Es war ein Gesicht, das man auf dieselbe kindliche Weise liebt wie den Verrat, und ich sah mein Gesicht wie im Spiegel neben der Tafel im Klassenzimmer … Mit einem Mal befand ich mich genau dort, im Klassenzimmer, schlafend auf der harten Bank … Im

Schlaf bat ich Ferdinand weinend darum aufzuhören, nicht zu verschwinden, mir zu verzeihen, ich bettelte ihn darum an, mich die Liebe erleben zu lassen, mich freizugeben … Liebe, sobald ich an dieses Wort dachte, schien plötzlich alles heller zu werden, als hätte jemand dort oben begonnen, einen Tunnel zu mir hinab zu graben, bald würden sie ein Seil nach unten werfen, und das Liebesspiel könnte beginnen … Ich nahm allen Mut zusammen, erhob mich von der Bank, schüttelte den Schlaf von mir ab, wie eine alte Dame nach dem Schwimmen das Wasser abschüttelt, ging zwei Schritte aus der Tür des Klassenzimmers hinaus, ehe ich in den Wald stapfte … Und dann legte ich endlich den Kopf in den Nacken … Ich blickte ins Mondlicht, und war das nicht Ferdinand, den ich da oben erahnte, doch, es war Ferdinand, aber wer war dann diese Gestalt, die mich verfolgte, es musste der Teufel persönlich sein, oder mein Gewissen, was ein und dasselbe ist … Ich hielt erneut inne, das ist die einzige Möglichkeit vorwärtszukommen, und die Außengrenzen meiner selbst verschwanden ebenso wie die Konturen der verhassten Schule, und die Schüler versammelten sich um mich, meine geliebten Schüler, sie legten mir die Hände an die Kehle und begannen in Zungen zu reden, und da spürte ich, wie sie zudrückten, und dann waren es nicht länger Ferdinands Hände, sondern die Hände des Universums, die Planeten pressten sich gegen meinen Hals … Ich, die keinen Stern vom anderen unterscheiden kann, und der Tod, von dem ich nie verstanden habe, ob er eine gute oder schlechte Sache ist – vielleicht ist er noch schlimmer als das nicht vorhandene Leben, in dem ich mich befand, und lange habe ich geglaubt, dass das Sterben von allen menschlichen Daseinszuständen der leichteste wäre, denn alle schaffen es zu sterben, das Leben wäre dagegen viel schwieriger, aber leider bietet sich nur selten die Alternative, in Ruhe verrotten zu dürfen … Jetzt schien mir der Tod durch Ersticken einleuchtend, als würde ich durch einen Strohhalm atmen, und mir wurde klar, dass dies ein Ausnahmezustand war, eine Krise, und davor sollte man sich nicht fürchten, ganz im Gegensatz zu den Dingen, die einfach andauern, ja, der größte Fluch der Trauer ist seit jeher gewesen, dass sie einfach andauert, während man die Krisen in den Eingeweiden, im Haar und in der Seele wüten lassen sollte, die Krisen kehren das Innere nach außen, seht her, da habe ich eine Verwendung für diese Metapher gefunden, und jetzt ist sie nicht zu viel des Guten, jetzt ist sie genau richtig, oder sogar weniger als das, Verzeihung, dass ich sie schon wieder verwende, aber ich kann nicht anders … Ich höre Geräusche, Ferdinand, der mich rief, aber ich wusste nichts darüber, was sich am anderen Ende des Seils befand, was sich am Ende des Lichts befand, denn es war noch immer das Licht, an das ich mich klammerte, das Licht und das Seil, und ich wurde die Angst nicht los, diese Angst, ich müsse Bilanz ziehen, wen ich geliebt habe, denn was, wenn dies, in das ich jetzt geworfen werde, mich dazu bringen würde, jemanden noch mehr zu lieben, und ich also lügen würde, weil ich meine Rechnung zu früh gemacht habe? Mir wurde klar, dass ich das Wort lieben benutzte, ohne darüber nachzudenken, als wäre es keine Konstruktion, etwas, das ich erfunden hatte, sondern ganz im Gegenteil etwas, das mich betraf – ich will sogar noch weiter gehen, was habe ich zu verlieren? – ich benutzte es, als wäre es der Grund, all das zu erleben, was zuvor eine Unmöglichkeit darstellte, dass ich mich verändern und öffnen wollte … Die Liebe wollte mich hinauf und hinaus und hinein in all das Licht ziehen, und ich legte meinen Schwanz beiseite wie ein läufiges Tier, ein Tier, das am Frauentag zum ersten Mal läufig ist, und ich legte mich auf die Seite, wie auch meinen Schwanz, falls ich einen Schwanz hatte, erst auf die eine Seite, dann auf die andere, als hätte ich zwei verschiedene Seiten, als spielte es eine Rolle, mit einem Mal spielten die kleinsten Dinge eine Rolle, alles hatte eine Bedeutung bekommen, und die kleinsten Dinge hatten die größte Bedeutung von allen … Die Berge umgaben mich in allen Richtungen, und Ferdinands Gesicht leuchtete mir im Widerschein des Mondes entgegen, des gelben Mondes am dunkelblauen Himmel … Ich warte auf dich, sagte Ferdinand, ich bin mir fast sicher, dass es das war, was Ferdinand sagte, es sei denn, er sagte, dass Samuel auf mich warte, und da überlegte ich, ob ich niemals für immer verschwinden würde … Ich spürte, wie mir etwas Nasses über die Wangen rann, *hush-a-bye, don't you cry,* flüsterte Ferdinand, und ich wusste nur, dass ich starb, weil es eine Hölle war, die Menschen glauben, die Hölle käme erst nach dem Tod, aber sie täuschen sich, die Hölle kommt davor, und ich steckte fest in einem Teich aus Schleim aus Feuer aus Erbrochenem aus Kot, und der

Bär und das Skelett tanzten im Licht von da oben um mich herum, aber ich gelangte nicht bis dorthin … Ich wusste, dass auch ich eine Seele hatte, denn sie erhob sich zum Licht, aber ich hatte panische Angst vor dem Licht, ich drehte mich wieder um und fiel in meine Verzweiflung zurück, diese Idee mit dem Fegefeuer ist eine schlechte Idee, aber so ist es mit den Ideen, die schlechten setzen sich immer durch, und der Tod ist furchtbar und dumm und darf es nicht sein und ist es doch … Ich verfluchte Gott, weil er böse ist und weil er nicht existiert, und ich verstand, dass ich nicht starb, sondern ganz im Gegenteil auferstand, das war alles, was ich denken konnte, obwohl ich nicht denken konnte, man kann eben nicht alles haben, das ist mir schon oft aufgefallen, und ich bereitete mich auf die Liebe vor, aber darauf kann man sich nicht vorbereiten, das wäre so, als würde man sich auf die Begegnung mit einem lächelnden Vogel vorbereiten, also los, steh wieder auf, es gibt Momente, in denen alle von neuem anfangen wollen, denn wenn wir Menschen uns schon nicht verändern können, so können wir immerhin von Neuem anfangen, und ich fand den Mut, dem Licht entgegenzugehen, sah nur das Kind, und falls ich über das Kind gelogen habe, ist es nicht wahr, denn nur wer die Wahrheit kennt, kann auch lügen, und ich kannte sie nicht, ich kannte mich selbst kaum, aber ich kannte die Welt gut genug, um zu wissen, dass die kleinen Pferde, die über mir zwischen den Sternen liefen, nichts anderes bedeuteten als Pferde, die zwischen den Sternen liefen, nichts anderes waren als Pferdeherzen, die in Pferdekörpern schlugen, und ich musste ihnen keine magische Bedeutung beimessen, musste nicht behaupten, das Universum würde sie für mich laufen lassen, nein, sie waren nichts als schöne kleine Pferde, die zwischen den Sternen liefen, das war mehr als genug, und dann ließ ich los, und ich schwamm nach oben, ich konnte atmen, ich trank, ich rülpste, ich schluckte Licht … Alles war Licht …

Benebelt frage ich den Arzt, ob ich die Transplantation überlebt habe. Erst kennt mein Herz die Lunge nicht, es ist, als hätte es einen neuen Mieter im Keller, sich mit den Sitten und Unsitten des anderen bekannt zu machen, braucht Zeit. Kann ich aufstehen und zur Toilette gehen und immer noch genügend Luft in der Lunge haben, um wieder zum Bett zurückzugelangen? Ja. (Es brennt nicht mehr, wenn ich pinkle.)

Ich mache es mir bequem, ein Kissen im Rücken und ein Glas Wasser in der Hand, nehme allen Mut zusammen und frage, wem meine neue Lunge vorher gehört hat. Erst spüre ich nur die vertraute Dunkelheit, die sich in meiner Brust sammelt, die Ungewissheit, die immer schwerer wird, ehe sie alles verschlingt. Dann kommt die Antwort. Ich atme ein, und als ich wieder ausatme, klingt es, als würde eine alte Dachbodentür knarren. Grethe.

Grethe kam in Dosen und Boxen im OP an. Es fühlt sich an, als würde ich gerade einen grausamen Fehler begehen. Aber dann ist es eben so. Ihre Nieren lagen in der einen Dose, das Herz in einer anderen, dann war da noch die Leber und nicht zuletzt die Lunge. Wie kann ich einen so guten Überblick haben? Niemand, nicht mal ich selbst, kann sehen, dass mein Zäpfchen flattert, aber ich weiß, dass es so ist. Grethe war tot, aber viele ihrer Organe waren noch intakt, sicher noch mehr, als ich hier genannt habe, aber das weiß ich nicht, ich zählte nur die Dosen, es waren vier, und ich kann weiterzählen als bis vier, das Zählen ist nicht das Problem. Ihrem Herz hat es nie an etwas gefehlt, die Dose kam mit einem kreischenden Geräusch auf mich zugerollt und schwankte von der einen Seite zur anderen. Jetzt brauchte Grethe das Herz nicht mehr. Mich aber interessierte die Lunge, und die Lunge geht bei einem Unfall als Erstes kaputt, also kann Grethe nichts allzu Gewaltsames zugestoßen sein. Die arme Grethe fiel von einem Hocker, als sie etwas aus dem Küchenschrank holen wollte. Sie streckte sich gerade nach dem Durchschlag im obersten Fach, als ihr Mann sie etwas fragte, Grethe und er kommunizierten wie Taubstumme, mit fuchtelnden Armen und jähen Nackenbewegungen.

Können Grethe und ich zusammen einen Liegestütz machen? (Ja, wir schaffen sogar zwei.)

Grethe ist aus dem Leben geschieden, aber ihre Lunge sitzt gut in mir fest, so wie Grethe in ihrem Leben festsaß, ehe sie starb, mit ungeheuer niedrigen Erwartungen an sich und andere, besonders an den Mann, für den ich einfach keinen Namen finde, der Name will nicht zu mir kommen, und wenn doch, wäre er viel zu phantasievoll, ein Name, wie ihn nur Zirkusartisten tragen können. Hat Grethe ihren Mann je geliebt? Oder starb sie, ohne zu verstehen, was Liebe ist? Gibt es womöglich niemanden, dem das gelingt? Liegt ihr Herz hart wie ein unbenutzter Radiergummi in der Dose? Ich weiß nicht, ich weiß nicht. Ich ahne nicht, was ihre Lunge erlebt hat, sie sitzt hinter den Rippen, der Rippenkäfig umschließt die Lunge wie ein Korsett. Diese Beschreibung ist zu einfach, man vergisst leicht, dass der Körper kein Haus oder Treibhaus ist, sondern ein Organismus, der im Großen und Ganzen tut, was er will, einige behaupten sogar, das Herz befände sich im Bauch, und dafür gibt es Beweise!

Jetzt liegt Grethes Lunge in einer Körperhülle, die aussieht wie ein K., ich spaziere, die Arme vor mich gestreckt und ein wenig nach oben, wie eine Schlafwandlerin, zur Krankenhauscafeteria, um mir einen Kokoskuss zu kaufen. Ich spüre, wie sich Grethe dort drinnen in meinem Brustkorb anstrengt, mir zu gehorchen. Atme, sage ich, während ich die Krankenhauskorridore entlanggehe, zurück zum Bett, mit Schokoladenresten im Mundwinkel. Gemeinsam erleben wir diese Sekunden, wo sich ganze Dramen! Possen!! Pantomimen!!! abspielen zwischen dem Kommando, das ich der Lunge gebe, und ihrer Antwort. Grethe atmet, während ich starr geradeaus sehe, ein Blick, so abstoßend wie der eines Zugvogels. Der Atem kommt aus dem Abgrund nach oben und gibt nicht auf, ehe er wieder etwas mit sich nach unten ziehen kann. Hinter Grethes Lunge ist eine andere Lunge, die atmet, und nach diesem Chaos von einem Körperteilwechsel werde ich besser dafür gerüstet sein, es in einer Welt auszuhalten, von der ich mich nicht nennenswert abhebe. Ich wurde mit einem zu großen Ego geboren, so wie andere Menschen mit

Down-Syndrom. Hier sollte es beispielsweise nicht um mich gehen, aber so oft ich mich auch umdrehe, läuft diese Bewegung am Ende immer auf den Versuch hinaus, mir selbst ins Gesicht zu sehen, der Hals ist fast vollständig gedreht, das Gesicht schaut nach hinten, wie bei einem Pinguin.

Unzählige Maschinen piepsen, Dutzende kleiner Beutel hängen wie Sprechblasen über meinem Kopf, und ich habe keine Ahnung, womit sie gefüllt sind. Ich selbst bin mit einer schrecklichen Kraft gefüllt, Kraft genug, um in die Auseinandersetzung mit mir selbst zu treten. Ich sehe es ganz klar vor mir, so wie ich meinen ersten Milchzahn in einem Wasserglas sah, sehe ich ein, dass ich nie so viel zu verlieren hatte wie jetzt. Sowie der Doktor mir den Rücken kehrt, entkopple ich mich von den Schläuchen, die aus meinem Hals ragen, stelle meine zitternden Beine auf den Boden, wanke aus dem Zimmer, die Treppen hinab, finde ein Herrenfahrrad, hoffe, dass ich nicht auf die Stange falle. Jetzt kann ich atmen, ohne zu knarren, und tun, was ich will! Ich radle in rasender Fahrt zum Hafen und stelle das Rad in einen Fahrradständer.

Norwegen liegt hinter mir, Frankreich vor mir, ich bin ein blinder Passagier auf einem Schiff, das die Weltmeere durchkreuzt. Nach einer langen Nacht krieche ich schlaftrunken aus meinem Versteck im Rumpf des Schiffs hervor, die ächzenden Treppen hinauf, und öffne die kleine Tür zum Deck und zum Himmel und blicke auf die Wellen. Der Wind erfasst das Haar, die Seeluft elektrisiert die Haut, meine Gedanken stecken in einer Wolke, ehe der Regen mich über Bord wirft. Das Wasser ist tief und dunkel dort unten. Ich falle und falle, durch die Luft, ich bin mehr als zwei Arme, die in den Windstößen rudern, mehr als drei Münder, die rufen, vier Augen, die in all dem Blau blinzeln, und im Regen gibt es genauso viele rennende Beine wie Tropfen in den Wolken, meine Füße durchbrechen die Wasseroberfläche. Die Wale schwimmen um mich herum wie der Trost um ein weinendes Kind, und ich fliehe immer weiter hinab, bis zum Meeresgrund, und lande mit dem Bauch voran im Seegras. Ich fülle meine Hände mit Sand, trockne meine Tränen mit tausend kleinen Sandkörnern, reibe mir die Wangen mit Sand. Dann stehe ich auf, renne durch die Wassermoleküle, vorbei an Fischen und brennenden Blumen, mache dann und wann eine Pause, ruhe mich an einem Stein aus, krabble am Ende die Felsen hinauf. Ich gehe in Richtung Paris und Cimetière des Longs Réages, aber nicht auf der Straße, ich gehe zwischen den Bäumen, ich sehe an Zweigen vorbei, hinter die Welt. Ich weiß, dass ich ihn auf diesem Weg erreichen werde.

Auf dem Friedhof sind die Leichen aus ihren Gräbern ans Sonnenlicht gekommen, um mich willkommen zu heißen, eine milde Brise rüttelt an ihren Haarbüscheln und Knochen. Diejenigen, die schon zum Skelett geworden sind, lächeln, Skelette sehen immer aus, als würden sie lächeln. Ferdinand ist immer noch unsagbar schön. Ich begrüße ihn mit einem High Five, von allen lächerlichen Begrüßungsarten muss das die allerlächerlichste sein, selbst ein Hitlergruß wäre angemessener gewesen, und vielleicht erwarte ich genau das von Ferdinand, einen Hitlergruß, steckt er doch voller bizarrer Vorstellungen. So glaubt er zum Beispiel, AMEN könnte man 1+13+5+14 schreiben.

Doch dann nimmt Ferdinand nur behutsam meine Hände.

Mein Mädchen, sagt er, du brauchst nicht so große Angst vor allem Möglichen zu haben. Solange du schreibst, wirst du schon klarkommen.

Ich verstehe, was mein Freund mir vorhält; dass ich nicht genug schreibe, dass ich immer noch nicht angefangen habe, einen Roman zu schreiben. Das ist alles, was er sich wünscht, es ist der einzige Weg, wie ich ihn am Leben halten kann. Ein Roman ist immer mehr als das, wovon er handelt, er ist größer als die Geschichte, die er erzählt. Der Roman ist auch etwas, worüber der Roman selbst nichts sagen kann, das ihm jedoch kraft seiner Ganzheit und seiner Entstehung gegeben wurde, und das ist es, was er dem Leser eigentlich gibt.

Nicht wahr?, sage ich.

Mhm, sagt Ferdinand.

Aber worüber soll ich schreiben?, frage ich.

Über die Liebe, antwortet Ferdinand.

Ich umarme ihn fest, spüre, dass ich ihn mehr als je zuvor liebe.

Samuel ist mein Doppelgänger, flüstert er mir ins Ohr, Samuel soll mein Projekt weiterführen.

Ein Mensch, der dir ähnelt?, frage ich.

Ferdinand sagt, ja, der Doppelgänger werde allgemein

als etwas Beängstigendes, Unheimliches angesehen, etwas, das deine Eigenheit bedroht, eine Invasion deiner Identität. Aber es hat ein Bedeutungswandel stattgefunden, von der Geborgenheit hin zu einem Schreckensbild, denn in archaischen Zeiten hatte der Doppelgänger eine andere Funktion, er bot eine Form von Schutz. Eine Garantie!

Ich lege die Hand auf mein Herzklopfen, als wollte ich seine Worte im gleichen Rhythmus schlagen lassen.

Du musst losziehen und Samuel finden, sagt Ferdinand.

Muss ich wirklich?, frage ich.

Ferdinand lacht.

Schau nicht so traurig, sagt er. Jetzt hast du lauter feine, kleine Ballons in deinem Brustkorb, du kannst davonfliegen. Vor allem musst du mutig sein und eine Entscheidung treffen. Samuel hat morgen ein Kricketspiel, zieh doch einfach los und sieh es dir an.

Ich möchte ja mutig sein, sage ich. Aber dieses Kricketspiel habe ich doch schon gesehen. Und um ehrlich zu sein, ich finde, Samuel könnte auch mal zu mir kommen, ich werde ihn fragen, ob er mich in der Hütte im Wald besuchen will.

Das ist eine gute Idee, sagt Ferdinand. Ihr könnt oben in den Bäumen ein Kind erschaffen.

Aber wird es dasselbe Kind sein?, frage ich. Das Tier zu Hause in der Wohnung?

Ja, das kann gut sein, sagt Ferdinand. Oder auch ein anderes Kind.

In Keuschheit und Enthaltsamkeit leben – diesen

Ausdruck habe ich mir gemerkt. Aber das Fazit ist, dass die Zeit für Samuel und mich gekommen ist, wir haben lange genug aufeinander gewartet. Das Wagnis einzugehen, hineinzuhüpfen, das Glück zu wählen, über das Geländer zu springen und zu glauben, es ginge aufwärts – was könnte unheimlicher sein?, ja, nicht das Gegenteil, sondern auf dem Balkon zu bleiben, die Aussicht zu bewundern und sich selbst, die sich auf einen Balkon mit einer so schönen Aussicht gestellt hat, auf diese Weise frisst man sein eigenes Gehirn, so wie die Seegurke. Freuen wir uns also für Samuel und mich selbst, wir wollen uns endlich hineinstürzen, in die Höhe steigen, wie zwei Vögel oder Fliegen, es gibt Fliegen, die erst Eier legen, wenn ihnen das Ende bevorsteht, und wenn man die große Liebe seines unangemessen langen Lebens in Reichweite hat, muss man danach greifen, und man sollte sich nicht von Skrupeln aufhalten lassen, die den Lauwarmen kalt überrieseln können, den Heißen hingegen nicht ins Bockshorn jagen, so wahr die Leidenschaft echt ist!

Aber was ist, wenn Samuel und ich einander doch nicht haben wollen?, frage ich. Es ist so viel Zeit vergangen …

Dann musst du einen anderen Mann finden, antwortet Ferdinand. Bloß mich nicht.

Ich verstehe, sage ich. Außerdem weiß ich ja, dass es sowieso unglücklich enden wird.

So ist das Leben, sagt Ferdinand. Sagt man nicht so?

Wir schweigen einen Moment, stehen einfach nur da. Ferdinands Augen werden feucht.

Was ist, Ferdinand?, frage ich.

Da beginnt er zu weinen und sagt, er schaffe es einfach nicht bis ins Totenreich.

Ich sehe ihm in die Augen, lange, uns strömen die Tränen hinab. Dann schlage ich ihm fünf Mal hintereinander fest gegen die Brust. Er sieht mich erschrocken an.

Hat das Kind dir die Technik des explodierenden Herzens beigebracht?

Selbstverständlich.

Warum hast du mir das nicht erzählt?

Ich weiß nicht, sage ich. Weil ich ein böser Mensch bin.

Nein, sagt Ferdinand. Du bist kein böser Mensch. Du bist ein großartiger Mensch. Mein Lieblingsmensch. Aber ab und zu bist du ein richtiges Miststück. Also, wie sehe ich aus?

Du siehst aus, als wärst du bereit.

Ich küsse ihn ein letztes Mal.

Meine geliebte K., sagt er.

Während du schläfst, kannst du in meinen Vorstellungen herumwandern, sage ich. Du kannst von den Bildern träumen, die ich dir zeige, Bilder der Veränderung.

Dann tut Ferdinand fünf Schritte und stirbt endgültig.

Ich reise mit dem Schiff zurück, blicke den norwegischen Bergen entgegen, die Löcher in den Himmel stechen. Jetzt ist Ferdinand Bäume, Meer und Luft.

Wieder zu Hause, lege ich meine Nase an den Kopf des Tieres, sauge seine Existenz ein, die säuerlich und süßlich riecht, und als ich über den kleinen Schädel streiche, spüre ich, dass ich das Kind, ohne etwas dafür getan zu haben, wirklich liebe.

Dann betrachte ich mich endlich im Spiegel, auf der anderen Seite des Spiegels beginnt die Welt, und ich kann die Falten um meine Augen sehen. Aber ich habe ja beschlossen, Ferdinand ein für alle Mal zu vergeben! Dafür, dass er versucht hat, meine Hand festzuhalten, als er vom Balkon sprang, ich spüre seinen Griff noch immer auf meiner Haut. Ich möchte ihm überhaupt vergeben, dass er vom Balkon sprang! Doch obwohl ich es beschlossen habe, kann es ja trotzdem wehtun. Vielleicht habe ich mir selbst noch nicht vergeben. Denn ich habe seine Hand viel zu lange gehalten, bevor ich sie auf eine dumme Art und Weise losließ. *Agape* bedeutet, dass man sich die Vergebung nicht verdienen muss. Das ist auch eine Art von Liebe.

Das Gesicht im Spiegel ist ernst, als hätte ich eine lebensnotwendige Entscheidung getroffen, und im Übrigen stürmt es draußen nicht mehr.

Ich war meinen Schülern ausgeliefert, von Rektor ganz zu schweigen, sie haben etwas in mir gesehen, aber sie haben etwas gesehen, das überhaupt nicht existiert. Sie haben nichts gesehen, obwohl etwas dort war, und umgekehrt. Ich nehme den Zug zur Schule, registriere die Stimme des Lokführers, sie hört sich so sorgenvoll an. Dann hält der Zug, und das erleichtert mich, denn Zugfahren ist gefährlich, wenn man allzu traurig ist.

Ich suche meinen Vorgesetzten mit zusammengekniffenen Lippen auf, als fürchtete ich, meine Zunge könnte entfliehen. Unter solchen Umständen muss es schwer verständlich sein, was ich sage. Was sage ich? Unmöglich zu sagen.

Auf Nimmerwiedersehen, sage ich.

Ich fülle einen Fragebogen aus, bevor ich den Dienst quittiere. »Ich kann nicht behaupten, dass sich das Arbeitsverhältnis negativ auf meine Gesundheit ausgewirkt hätte!«, ist eine der Aussagen, zu denen ich auf einer Skala von Null bis Fünf Stellung beziehen muss. Rektors Frage kommt zu spät. Man hält sich zurück, weil man keine Antwort wünscht, und später spielt es keine Rolle mehr. Das ganze Leben lang schieben wir die sinnvollen Fragen auf, bis sie unser Dasein vollkommen verdunkeln, und wenn wir sie ins Licht halten, sind die Antworten zu etwas Unakzeptablem geworden, an dem sich ohnehin nichts mehr ändern lässt, und uns bleibt nur noch die Reue darüber, dass wir nicht früher gefragt haben. Wenn ich die Stelle behalten hätte und mir gleichzeitig treu geblieben wäre, wäre ich ihm ein Dorn im Auge geworden und hätte ihm mehr missfallen, als einem die eigene Mutter missfällt. Hätte ich die Stelle behalten und mein eigenes System angepasst, wäre ich in einer tiefen Depression versunken, hätte mich mit Dingen wie Renovieren und Grillen beschäftigt und wäre eines Tages an etwas so langweilig Normalem gestorben wie einem im Hals steckengebliebenen Fleischklops. Ich muss nach meinen eigenen Ideen leben, immer mehr nach meinen eigenen, immer weniger nach denen, die mir aufgezwungen wurden. Was ist wichtig? Was hat

Bedeutung? Ich will eine Odyssee sondergleichen hinter mich gebracht haben, wenn ich sterbe, treu gegenüber der eigenen Person, und bei all der Falschheit, die ich in der Schrift zu erkennen glaube, fühle ich mich der Wahrheit hier trotzdem näher als an allen anderen Orten, die Mathematik miteingerechnet, vielleicht, weil mir die Abwesenheit von Wahrheit so deutlich wird.

Ich winke den Schülern zum Abschied, weiß, dass ich sie nie vergessen werde. Kein schlechtes Wort über den Unterricht, obwohl auf meinem Nachttisch ein ganzes Wörterbuch voller Schimpfwörter liegt, die die Lehrtätigkeit beschreiben. Die Schüler haben sich mir eingeprägt, und ich verspreche, ihnen Postkarten zu schreiben. Außerdem ist es auch positiv, dass ich statt an die Liebe derzeit vor allem an die Erotik denke, ich freue mich darauf, Samuels nackten Körper richtig zu sehen, und das ist zwar nicht das Gegenteil von Liebe, aber auch nicht genau dasselbe, und vielleicht ist es nicht positiv, aber ich halte es auch nicht für ausschließlich negativ.

Ich stehe mitten im Wald, vor der Hütte, der Himmel ist dunkelblau, und der Sommerwind zieht die gelben Strahlen des Mondes überallhin, den ganzen Weg rund um die Erde. Ich drehe mich um, und da steht der wunderbare Samuel, als würde er inmitten all des Grüns leuchten, er zwinkert mit seinen langen Wimpern wie ein Reh, die Augen öffnen und schließen sich in sanften Sequenzen. Samuel geht auf mich zu, ich puste sein Gesicht hervor, und er berührt meines vorsichtig mit einer Feder. Dann warten wir nicht länger.

Samuel langweilt sich liebend gern im Zug, mehr als zwei Minuten lang, und ich langweile mich auch liebend gern im Zug, also langweilen wir uns auf dem Weg von der Hütte gemeinsam, und zwar im Fahren! Ich denke nicht an diese Zugunglücke, bei denen die Leichen der Passagiere verbrannt und erstarrt wie Munchs Schrei auf ihren Plätzen saßen, denn wie hätte es ausgesehen, wenn wir in der Position, in der wir uns derzeit befinden, erstarrt wären? Dann hätten die Körper die Samenzelle beschützt, die in mich hinein und den Gebärmutterhals hinaufkriecht und auf ein Ei trifft und unmittelbar zu einem Embryo namens Baby Maeve wird. Der Doktor versetzt meinen Körper ins Koma, und Samuels Körper ebenso, wir halten einander im Koma an den Händen, während Maeve herangezogen wird wie ein Bohnensprössling im Treibhaus. Die Sache mit dem Koma habe ich erfunden, damit ich mir nicht vorstellen muss, wie es ist, einen echten Menschen im Bauch zu haben, ich kann mir vorstellen, bei späterer Gelegenheit schwanger zu werden, wenn ich mich bereit dazu fühle. Während wir also so im Gemüsezustand daliegen, plappert Samuel unaufhörlich, wie es der kleinen Maeve wohl gehe, er erinnere sich noch so gut daran, an diesen Zustand, ehe er geboren wurde. Nach neun Monaten sind Samuel und ich nicht mehr kaputt, der Doktor hat uns mit Bandagen und den feinsten Ölen und Kräutern repariert, und wir erwachen davon, dass ein Albatros am Fenster vorbeischwebt, während sich der fötenfressende Werwolf unter dem Bett versteckt. Alles wird geöffnet, um das Ganze in Bewegung zu setzen, Schubladen, Schränke und Blusen, und dann öffnet sich mein Körper wie die Pforte zum Paradies, ich blicke voller Schrecken auf den riesigen Kopf, der aus mir herausschaut, und ich wünschte, es wäre dieser Kopf und nicht mein eigener, der wie ein Nebelhorn jault. Der Laut beschämt mich. Ich habe Angst, das Kind könnte meinen Inhalt auf dem Weg hinaus mit sich ziehen, jetzt, wo dort drinnen endlich wieder alles halbwegs in Ordnung ist, fürchte ich, dass das Kind mir die Leckerbissen rauben wird, die sich in meinem Inneren befinden, und mich überkommt das ekelhafte Gefühl, dass Maeve mehr wissen könnte als ich, dass sie alles weiß, und dass sie jederzeit den Mund öffnen und etwas in fließendem Französisch sagen könnte. Ich packe das Kind an den Ohren und ziehe es heraus, und da kommt Maeve mit einem ohrenbetäubenden Jubelschrei, sie reckt die Arme in die Luft, spannt ihren kleinen Bizeps an und brüllt: *Give me more! Give me more!*

Erschüttert sehe ich Samuel an.

Hast du das gehört?

Was denn, meine Liebe? Ich glaube, ich bin taub.

Die Augenlider sind runzlig und scheinen einander nur oberflächlich zu kennen, Maeve starrt mich unverwandt an. Jetzt ist es zu spät, um es zu bereuen; es zu denken, zu schreiben, schwups, schon passiert. Ich schlage Maeve auf den rosa Hintern, bis sie verstummt, und dann wird alles wieder geschlossen, befestigt und zugebunden, damit nichts Bedrohliches, Kaltes und Feindliches von außen hineinschlüpfen kann. Aber was hilft es, dass keine Gefahr von außen naht, wenn die Bedrohung von innen kommt, wenn nicht nur Milch, sondern auch Blut von den Brüsten rinnt, die Arme hinab und in meine Hände hinein? Werde ich selbst zerfließen, wenn ich das Blut vom Gesicht des Kindes wasche?

Meine Brüste sind winzig, die Hebamme sagt, mit so kleinen Brüsten könnte ich auf keinen Fall stillen, das könnte ich gleich vergessen. Das macht mich traurig, und als ich aus dem Krankenhaus komme und benommen die Tür zur Einzimmerwohnung aufschließe, wo ich mich zu Hause fühlen sollte, zerfranse ich nur noch mehr, ich weiß nicht, was von mir erwartet wird. In der Wohnung befinden sich zwei weitere Menschen, Maeve und Samuel, sie müssen direkt vor mir durch die Tür gekommen sein, und am meisten beunruhigt mich, dass sie offenbar eine Art Vertrauen zu mir haben. Außerdem ist ihr Norwegisch so schlecht, dass sie alles für bare Münze nehmen. Ich schaue aus dem Fenster, keine Wolke am Himmel, obwohl es heruntertropft, das ist es, was mir Sorgen bereitet. Ich suche vergebens nach Wolken, und ich sehne mich zur Hütte zurück, ich sehne mich immerzu dorthin, wo beständig mindestens eine Wolke zu sehen ist. Samuel rumort in der Küche, ich weiß nicht, womit er zugange ist, und ich passe allein auf Maeve auf, die aussieht, als führte sie etwas im Schilde. Sie zieht eine Grimasse, und so geschieht das Unglück. Der Grimasse entnehme ich, dass Maeve vorhat, sich auf dem Boden zu erleichtern, wo sie liegt und sich von der einen Seite auf die andere rollt und die Nabelschnur ausdehnt, und ich denke, dass Maeve ihre Notdurft lieber draußen auf dem Rasen verrichten sollte. Also hebe ich sie mit der einen Hand hoch und nehme mit der anderen eine Tüte, und Maeve fuchtelt mit den Armen und saugt sich sofort an meiner linken Brustwarze fest, als ich Reißaus nehmen will. Sie ist sicher ausgehungert, doch als ich über die Türschwelle schleiche, verliert Maeve den Saughalt, und die Tür fällt hinter mir ins Schloss. Ein Körperteil des Kindes – ich glaube, es ist der Arm, falls Maeve nicht vier Beine hat – wird in der Tür eingeklemmt, und ich fühle mich dumm, als ich verstehe, dass das Kind noch in der Wohnung ist, draußen bei mir befindet sich nur eine winzige Faust, die die Finger spreizt, als wollte sie mir anzeigen, wie viele Klopapierrollen ich im Laden kaufen soll. Anschließend höre ich einen Schrei. Ich fange an zu weinen und höre nicht auf, bis Maeve die Tür geöffnet und meine Tränen weggeleckt hat. Dann lege ich den kleinen Pudding in meine Plastiktüte und renne die Treppen hinab.

Draußen regnet es, ich möchte nicht, dass Maeve nass wird. Das Kind ist wasserdicht, aber der helle Flaum wird sich auf unkleidsame Weise auf seinen Schädel legen, sobald das Haar feucht wird. Ich hatte noch keine Gelegenheit, ihr die Schifffahrtsregeln beizubringen, doch weil Maeve mehrere Monate in einer trüben Flüssigkeit zugebracht hat, sage ich mir, dass sie noch nicht alles vergessen haben kann, was sie an Bord gelernt hat. Unten auf dem Rasen schlängelt sie sich aus der Tüte und behauptet, sie hätte eine Wäsche nötig, also sage ich: Na gut, dann hast du eben lieber hässliches Haar, und feuere sie mit einigen passenden Zurufen an. Leider will sie den Mund nicht ordentlich schließen, Maeve glaubt, wenn Wasser über das Gesicht fließt, ginge es darum, die Augen zu schließen und den Mund zu öffnen und nicht umgekehrt, aber das ist nicht meine Schuld. Hier draußen kann sie sich freier bewegen als drinnen, und überall lauern Gefahren, Bordsteinkanten, die in Dreckspfützen enden, auf diese Weise wird Maeve lernen, auf eigene Faust zu überleben, von jenem Tag an, an dem ich die Nagelschere holen und das milchweiße Gummikabel durchschneiden werde, das zwischen meinen Beinen heraushängt, die Lebenslinie, die Maeve und mich verbindet, und mit dieser Handlung wird sich die Einsamkeit verdoppeln. Das Gewitter rollt über die Stadt, zerrt an den Trommelfellen, und der Blitz sprüht Funken, während Maeve im strömenden Regen über den Gehweg tapst und eine besonders fleischige Spinne jagt. Sie zieht die Spinne am Schwanz und steckt sie sich in den Mund, und ehe Maeve schluckt, kann ich die staksigen Beine aus ihr herausragen sehen, als hätte sie Schnurrhaare bekommen. Ein widerwärtiger Anblick, und das Schlimmste ist, dass ich schlaflos im Bett liegen und mir Sorgen machen werde, die Spinne könne wieder herauskrabbeln und erzählen, was sie im Inneren des Kindes alles erlebt hat; Maeve hat sich in die Büchse der Pandora verwandelt. Doch dann fliegt stattdessen ein kleiner Albatros heraus.

Moin, du. Ich nicke ihm zu durch den dichten Zigarrenrauch, der ihn umgibt.

Der Albatros blickt mich streng an.

Du musst zusehen, dass du wieder zu Samuel reingehst, sagt er.

Bist du sicher?, frage ich.

Ganz sicher, sagt der Albatros. Samuel ist die große Liebe.

Ich weiß, ich weiß, sage ich. (Muss lächeln.)

Der Albatros gibt mir einen Kuss auf den Kopf und winkt mir zum Abschied.

Einfach so abzuhauen, war kindisch von mir, aber immerhin habe ich jetzt verstanden, dass sich mein Verhältnis zur Freiheit für immer verändert hat. Drinnen empfängt Samuel uns mit offenen Armen, er hat am Herd gestanden und eine Flasche mit Milch aufgewärmt, und jetzt ist er vollkommen erschöpft und sagt, so kann das nicht weitergehen! Er fragt, ob Maeve und ich ein bisschen Kleingeld hätten, und geht hinaus zur Telefonzelle, während ich mich aufs Ohr legen will, der Mond zeigt sein Gesicht. Samuel hört das Freizeichen, schnell und entschlossen wählt er die Nummer des Stillnotrufs, und kurz darauf kommt ein steinalter Mann in einem Elektromobil ins Haus gefahren, es ist mitten in der

Nacht. Samuel zeigt dem Greis den Weg die Treppen hinauf zur Wohnung, er sieht aus wie ein altes Weib mit seinem Kopftuch und dem rot gepunkteten Kleid. Sie öffnen die Tür zu mir, ich liege in einem Meer aus Kissen und Decken versteckt, so schön, so schön, jedenfalls in Samuels Augen, es ist schwer zu sehen, die Gardinen sind vorgezogen. Der Greis bittet mich, meine Bluse aufzuknöpfen.

Sie sind ungeheuer klein, sagt er, aber trotzdem, null Problem.

Er kneift in die eine Brust, und die Milch spritzt in alle Richtungen, bis an die Decke, auch Samuel bekommt Milch ins Auge. Dann fährt der Alte wieder, vielen Dank für die Hilfe.

Ich stille, während ich mit der seltsamen Maeve rede, ich frage, ob ich wirklich immerzu auf sie aufpassen muss, für den Rest des Lebens? Maeve antwortet, ach was, Daddy kann auf mich aufpassen. Samuel und sie hätten sich schon um die praktischen Dinge gekümmert, Absprachen zur Hausarbeit getroffen, ich bräuchte mir keine Gedanken zu machen und keine Einkaufszettel zu schreiben.

Tausend Dank, sage ich, bin beinahe gerührt.

Doch obwohl ich Zeit und Lust zum Arbeiten habe, fürchte ich mich davor, einen Roman zu schreiben.

Wie kann ich mich fallen lassen, wenn ich nicht weiß, ob mich jemand auffangen wird?, frage ich.

Ich fange dich auf, sagt Samuel.

Da lege ich die Hand auf seinen schönen Kopf, zum Dank, und ich weiß, dass ich ihm jene Gnade erteile, die jede Blume spürt, wenn sie von einem Kind gepflückt wird, und dass die Welt ohne ihn eine andere wäre.

Das Idyll ist gefährdet, als mit einem Mal Kugeln aus meinem Rücken ragen, mehrere kleine Kugeln, genau wie die Kugel am Bauch, die nach der Zugfahrt hervorschoss, aber in dem Fall wollten wir, dass sie größer wurde, und die Kugeln am Rücken sind viel kleiner und zweifelhafter, Samuel versucht vergeblich, sie wieder hineinzudrücken. Erst bekommen wir natürlich Angst, und ich gehe zum Doktor, während Samuel und Maeve zu Hause bleiben, sie weinen und spielen Karten, sehen tränenüberströmt auf, als ich wieder in der Tür stehe. Ich gebe wortwörtlich wieder, was der Doktor, der inzwischen unglücklicherweise zu einem Freund der Familie geworden ist, gesagt hat, nämlich, dass ich keine Geschwüre auf dem Rücken habe, sondern Milchdrüsen! In den kleinen Brüsten gab es nicht genug Milchdrüsen, also hat der Körper zusätzlich welche auf dem Rücken entwickelt! Die Milch rinnt von meiner Rückseite zu meiner Vorderseite, Maeve saugt die Milch quer durch meinen Torso. Die Löwin ist bei ihrem Jungen, und im Dschungel ist alles in Ordnung.

Die Zeit vergeht ganz von selbst, und endlich kann ich erzählen, dass der Sommer gekommen ist. Der Morgen graut gerade erst, und ich sitze mit meinem frisch gespitzten Bleistift da und arbeite an der Schöpfung eines glaubwürdigen, geliebten Ichs. Maeve liegt neben dem Schreibtisch, und ab und an gebe ich ihr eine Brust, halte Maeve im einen Arm und schreibe mit dem anderen, und wenn ich tausche, wird alles anders und mindestens genauso schön, mittlerweile bin ich ja so gut darin, mit beiden Händen zu schreiben.

Ich denke an den Roman, den ich schreiben möchte, über die Liebe, dass sie auf der Grundlage dessen definiert wird, welche Wörter ich besitze, diese Geschichte wird nicht notwendigerweise ein richtiges Bild wiedergeben. Ich habe keine Sprache für die Liebe, wenn sich die Liebe geltend macht, wird alles andere Routine. Die Liebe als das Große, nichts anderes ist von Bedeutung. Aber vielleicht sollte ich nicht über die Liebe schreiben, vielleicht zerstöre ich sie dann? Ich schreibe, um mich von etwas loszureißen, aber die Liebe ist nichts, von dem ich mich losreißen möchte, deshalb sollte ich über alles andere schreiben als die Liebe, und vielleicht kann ich auf diese Weise auch etwas Wahres über sie sagen. *Atopos*, die Unklassifizierbare, die Geliebte. Sobald man etwas klassifizieren kann, kann man es nicht mehr lieben. Aber möglicherweise kann ich den Geliebten verfremden, das müsste gehen, und auch die Liebe verfremden und auf diese Weise weniger von ihr verstehen, und so wird die Liebe nicht zerstört.

Darüber denke ich nach, und es gefällt mir, dass an diesem Sommertag alles so ordinär wirkt, als wäre mein Leben nie anders gewesen. Dann überkommt mich ein ganz besonderes Gefühl. Ich hebe den Blick von den Buchstaben, sehe zu der mystischen Maeve hinüber, ich finde überhaupt nichts Unheimliches an ihr. Ich sehe in die bodenlosen grünen Augen und entdecke einen Lebenswillen, der nichts mit mir zu tun hat. Ich verstehe, dass das Kind kein Kind ist, sondern etwas anderes. Das Kind müssen die Wörter in diesem Buch sein, denn wie solltest du es dir sonst vorstellen können?

Literatur

Samuel Beckett, Thomas Bernhard, Per Olov Enquist
James Knowlson: *Samuel Beckett. Eine Biographie.* Aus dem Englischen von Wolfgang Held. Suhrkamp Verlag, Frankfurt am Main 2001.
Don H. Kennedy: *Little Sparrow. A Portrait of Sophia Kovalevsky.* Ohio University Press, Athens/Ohio 1993.